中国多民族文学丛书／第六辑

浮生九记

王小忠／著

作家出版社

王小忠　藏族，甘肃甘南人，中国作协会员。出版有诗集《甘南草原》等两部，散文集《静静守望太阳神：行走甘南》《黄河源笔记》等三部。曾获“甘肃少数民族文学奖”，“黄河文学奖”，“《红豆》年度小说奖”，《莽原》年度“非虚构”文学奖等。

作者近照

目　录

兄弟记

一

三弟来电话的时候，我还在睡觉。我知道三弟不是个清闲人，没有事情一般不给我来电话。电话里三弟嗫嚅着，不肯说出原因。挂了电话，我直接给父亲打了过去。父亲倒很利索，说三弟要借钱。

听父亲这么一说，我倒吸了一口凉气。我那沉默寡言，刚强了几十年，而且从来没有向任何人开过口的三弟，竟然开口向我借钱，一时间，我陷入了惶恐与沉思之中。之后，涌上心头的便是一种莫名的疼痛和巨大的悲凉——不是因为钱，与钱无关，而是为我那三个在这个狂躁的时代里各奔东西、几乎形同陌路的骨肉兄弟，还因为我那日渐变得丑陋、陌生的乡下老家，以及面目日渐模糊、遥远的村庄。

三弟成家比我早，他成家那年，我刚分配到乡下一所中学教书。当时手头十分拮据，帮不上忙不说，就连那份人情都无法实现。如今他已是两个孩子的父亲，一面拉扯家庭，一面侍候老人，不容易。尽管我也尽了最大的努力，但比起他所做的一切就不足为道了。

三弟的心很“野”，巴不得一夜变成“地主”。

我们出生时恰好赶上土地下放，或多或少都分到了几亩土地和不多的牛羊。土地对农区而言，自然是存活的根本，因而地少地多也成了衡量一个家庭贫富的标准。正因如此，那些年漫山遍野都是开荒的人。等三弟有力量开荒的时候，河道附近的荒滩早已变成了农田，就连山梁上也所剩无几。

我们兄妹好几个，父亲和母亲似乎还嫌不够。尽管如此，家里依然没有再添人口。而三弟并没有消停下来，初春时分，他总是扛着农具从一个山头跑到另一个山头。荒滩开垦出来的田地当年是不能下种的，因墒情不足，且杂草众多，隔年才可以勉强种些燕麦之类的饲料。那时候父亲基本赋闲在家，但他对家里的一切仍旧不放心。吃罢晚饭，父亲总要盘问三弟许多关于田地的事儿，我们几个算是成了闲汉。大哥和二弟从小就看不起种田，当然，他们内心的想法是不敢让父亲知道的。关于田地的事，父亲从来不问我，奇怪的是他对大哥和二弟也不闻不问。大哥和二弟常年在外，我想他们对家里田地的事情也是一无所知吧。他俩的责任就是清明过后动身，冬至前后回来，然后将挣来的钱全都交给父亲。

一个家毕竟容不下不同的几个外姓人。这话是父亲说的。他说这话给我们听，目的再清楚不过——那就是兄弟们必须分家。就在我等待分配那年，父亲给我们兄弟四人开了个家庭会，结果是大哥和二弟必须出去，三弟留在家中。至于我，父亲始终没有考虑，分田地和牛羊也没有我的。我当时笑着问父亲，父亲想了一下说，你是公家的人，已经不属于这个家了。

看起来父亲在分家这件事上似乎没有偏袒任何人，就连三弟开垦出来的荒地都做到了平均分配。实际上父亲还是怀有私心的，或许父亲早就看出大哥在田地上不抱前途，所以分给大哥的田地多半在偏远的山洼处。相对大哥和二弟来说，三弟的田地不但在附近，而且平整得多。然而谁也不会想到，正是那几亩山洼处的田地，后来给大哥带来了无限的惊喜。

三弟的婚姻父亲没有过多操心，毕竟老了，当然也是大哥能耐了许多。一年之后，大哥和二弟将部分田地归还给三弟。表面上看他们二人好像真的吃不了苦，实际上是不愿意种，与其荒废，还不如让三弟去劳作。三弟是能吃苦，可一年下来，所有的收成根本抵不上大哥和二弟的一小半。三弟曾经动过不种田的念头，无奈拗不过父亲的固执。话说回来，一个庄稼人不种庄稼难免心里会发慌，何况父亲经常唠叨满山挖野菜的那段岁月。三弟和父亲最亲，也住得最久，大概是在行为和思想上早被父亲挂在嘴边的苦难日子浸透了，只有每个柜子满满的，他心里才会踏实。也正是这个原因，大哥和二弟出门的时候从不会考虑三弟。

大哥和二弟相对村里其他人而言，是跑得最远、见过世面最多的人了。也好，从现在的发展情况来看，他们确实比其他人提前迈出了一步。三弟结婚那年，大哥已经开始自己包工了。二弟跟着大哥，村里人也给他安上了小工头的名号。结婚之后的三弟依旧放不下那些田地，过着“日出而作，日落而息，逍遥于天地之间而心意自得”的日子。我不富有，也不贫困，就那样安于喜好，平平淡淡。遗憾的是三弟的婚事我始终没有帮上忙，如今还是一块心病。

人生的确不能预料，我在乡下教书的日子刚刚安稳，突然之间却被调到离家很远的城里去。有那么一段时间，我内心充满了无法言说的感觉——高兴？担忧？失落？不情愿？或是其他……从乡下到城市是许多人梦寐以求的，然而摆在我面前的远远不是想象的那般美好。还好，家里的一切不需操心，有三弟在，恐怕大哥和二弟也像亲戚一样了。

大哥和二弟在村里有绝对的权威，他们已经成了有钱人，且村里人挣钱的门路几乎都是他们开辟的。清明一过，一把种子撒到田地里，全村年轻人几乎一夜间就走光了。田地交给自然，人已经无心去打理。因为生活在这片土地上的人们自古以来靠天吃饭，谁敢保证天道是否顺利？谁也无法阻止收割前后的那场冰雹。于是，在外挣钱成了大家对田地极为失望之后的另一种生活道路。那时候外出打工的农民总是被人骗，天南海北，工头是哪儿人都不知道，谈何讨债？于是，大哥的身边自然而然多出了本村的人。

去年春节期间，我早早就回家了。村里一年一个变化，而年味比起小时候却减了不少。我们兄弟坐在一起，也似乎少了当年的亲近。三弟表现更为突出，没坐一阵就借口走人了。我的意识中已经感觉到某种细微的变化，到底是什么东西阻隔着我们？大哥说起他的工程队，也没有了往年的那种劲头，只是叹气。他们对我的境况基本不问，大概源于父亲当年留下的那句话。我从此真的和这个家没有关系了吗？

那天晚上，从大哥家出来之后，我和父亲唠叨了许久。父亲的话总是令人深思，然而父亲的固执却始终没有改变，他视田地为珍宝，实际上的确如此，我们何尝真正离开过田地呢！

我们将兄弟间的微妙关系一直隐瞒着父亲，可父亲偏偏给我说起相关话题。大概考虑其他因素，他说起来总是遮遮掩掩、结结巴巴的。父亲说，没钱的时候大家都是一家人，富裕了就成死对头。其实父亲早就发觉了兄弟间的罅隙，只是没有挑明而已。实际上，这样的事实已经屡见不鲜。但我想，这样的事情不会轮到我们兄弟之间的。相比富人，我们还很穷，何况三弟还死守着那几亩田地。

父亲说，大哥和二弟想不到一块儿，他们已经分开干了。还说二弟算是大哥一手带起来的，不应该那样。至于三弟，父亲没有多说。我想，父亲并不是有意袒护，而是他从三弟身上看到了作为一个农民的本分——守住田地。

人与人交往最好不要沾钱，兄弟之间尤为重要。其实这几年我一直想说，就是说不出口。兄弟之间一旦反目成仇，那种仇恨可能更久远、更可怕。从父亲的口中，我听出大哥与二弟之间的某种不和。还好，事情并没有我想象的那样糟糕。三弟虽然早已死心，但我也看得出，他这两年的心思并没有完全沉浸在田地上，应该有所变化。平心而论，那几亩田地能勉强解决温饱。解决了温饱问题，原则上来说也算能过一辈子。可我们每个人的心里都栖居着一头张着大口的野心十足的“豹子”，仅仅解决温饱是无法豢养那头“豹子”的。大家都是为豢养这只畜牲而想方设法，你死我活地拼命，何错之有？我们只是不希望这只畜牲从体内跑出来。

那夜，父亲的话让我难受了很久。春节过完之后我就离开了。离开前，我们兄弟四人玩了整夜的牌，无论牌技与输赢，大家都很开心。但有一件事，在我心里依旧是一个疙瘩。玩牌期间，他们各自掏出一包烟，互不相让，也不越轨。之后的一段日子里，我没有给家里打过电话，然而“兄弟”这个原本十分温暖的词却在我的心里渐渐起了些变化——隔阂？

冷漠？甚至仇视？我想不出结果，也找不到原因，我只是坚信最初的那滴血永远是温热的，它不会随光阴的流逝而日渐冰凉。

二

三弟借钱是有他的难处，他不打算种庄稼了，要全部种药材，要买新的农具。三弟种庄稼越来越少这我知道，但所有田地都种药材，是不是有点冒失？

父亲坐在屋檐下，看起来气色好多了，但他的话依然很少。三弟永远不会清闲，心永远那么“野”，他要将成片成片的田地种当归和柴胡。柴胡头年播种，第二年才收。为了不让田地荒芜，三弟在种有柴胡的地里又种了一茬燕麦。当归的育苗更是艰辛，要逐棵栽种，还要覆盖地膜。来来去去奔波于田地之间，看上去，三弟十分苍老。

村里大多数人不种庄稼，原因只有一个——不划算。出门在外，最不济也要比种庄稼强。村里人都这么说，难怪三弟动了心思。说实话，我对他将所有田地都种药材的想法是不赞成的。实际上种药材还是靠天，如果该年缺雨水，或是遇到洪涝，结果还不一样？何况种药材的成本和种庄稼的成本不能相提并论。种药材需要大量劳力，劳力不足的情况下，就需要雇人。按照每人每天一百算，十几亩田地是笔不小的开支。鉴于这种情况，新的农具适时出现了。父亲说，村里人几乎都买全了。

三弟遇到难处了，可他知道我的境况，又不好意思开口，大哥境况早已不如当年，他更不愿向大哥借钱，而又不能不买那些东西。给我打电话，他的确是鼓足了勇气的，但终究还是没说钱的事儿。

大哥的工程队越来越不景气，大概是城乡建设基本到了尽头，而那些开发区还轮不到他前去承包。愁肠百结之中，大哥决定解散工程队，开始去谋新的事业。二弟抽身早，如今在村里新建了温棚养牛，情况也不是太好。实际上，村里的每个人都在筹谋各自的生意，因而多出了好几个老板，大哥带头致富的身份也正在悄无声息之中发生着微妙的变化。

我上学的费用并没有缺少三弟那一份，这次无论如何都要还个人情。帮三弟从县城买回小型播种机后，我就返回城里了。在家的那几天我是村里最大的闲汉，和我同龄的都在忙着顾养家庭，都没有闲下来和我聊天的时间。我想，祖国大江南北大抵如此吧。不过的确是遇到了好年景，村庄邻近公路，邻近公路的村庄都要进行风貌改造，所以这个初春村里许多人留了下来。风貌改造工程是政府大力投入的一项面对农村的惠民工程，而据我了解到的却是挑人拣户，并不是一刀切。也有人说，没必要再修破房子，过几年国家让农民全部上楼；还有人说，过几年这里要修铁路，一亩田要赔好几万，坐等发财算了。全部上楼吃什么？等着发财？还没有修到蜘蛛那样躺着吃食的命。老人们对没有争取到改造项目或借口逃避下苦者这样批评。我不知怎样去说，因为从头到尾我对这件事情并没有实质性的了解。

三弟的药材在秋天未到之前彻底要了他的命，不是长势不好，而是药材的价格跌得厉害，三弟只好认命。他自我安慰说，按村里种药材的面积而言，不算最多，在种和挖及拔的投入上，也算最少的。可三弟并没有死心，他的那股犟劲不亚于父亲。第二年他继续种了大量药材。当然也有将所有田地种了大蒜和洋芋的人。这一年不错，柴胡持平，当归却是天价。一时间所有田地得到前所未有的珍惜，有人甚至花大价钱租用别人田地，用来点播当归。我在这件事情上一面为三弟高兴，一面又有某种难以言清的担忧。随当归价格的疯长，当归苗子更是水涨船高。处于利益的驱动，很多人都不在乎苗子价格的高低。当归主产甘肃东南部，以岷县产量多，质量最好。我见过三弟一把一把捆扎起来晾晒在屋檐下的当归，都很小，药性肯定是不能和岷县的相比。换句话说，不值那个价。如果说值，那也是鼓吹起来的。但我不能就此劝说三弟，让他少种。如果我的判断是正确的，倒也无话可说，一旦错误，肯定要遭到不少抱怨。再说了，田地上的事情三弟从来也不会听我的指指点点。果然不出所料，这次三弟彻底低下了头。当归的价格一跌再跌，甚至无人问津。三弟在电话里依然不肯透露关于他种药材而血本无归的事实。

父亲说，药材的价格一年不如一年，可收药材的贩子像赶集一样堆在村口。我不敢拿主意，也判断不出其间有着什么样的关联。三弟还是没有稳住，实际上村里大多数人都一样，便宜处理了药材。谁曾想到，立冬之后，干透了的当归一下又恢复到令人吃惊的天价。任何事情都一样，厄运和机会永远同行，就种药材而言，更是无法把握的事情。因为大家都在那儿盲目种植，对市场的行情和需求谁都没有去探究过。药材贩子的出没，使村里人对药材产生了仇恨。甚至有人对田地开始怀疑，说这方土地不愿养人。尽管如此，药材贩子从来就没有彻底消失，开春买苗子，来年收根子。大家都习以为常了，想种的人种，不想种谁也不能把你怎么样。来来回回折腾，种药材没有种出几户富人，倒是大片大片田地被荒废了不少。

大哥在新的事业上栽了不少跟头，二弟的温棚养牛也是一日不如一日，三弟看着堆在墙角处的播种机，似乎连说话的心思都没有了。没有守住田地，就等于没有守住自己的福分。守不住田地，就失去了作为农民的本分。这是父亲的话。可怎样才算守住田地呢？我也陷入茫然之中。

兄弟之间还是那样，尽管心照不宣，但是还是不愿开口明说。这个冬日，我在家住的时日长，见到和听到的几乎一样，一家人围坐一起的日子越来越少，相互提防或是躲避倒成了家常便饭。做子女的依然不顾老人的感受，也不按他们的心思去经营家庭，更做不到自我心安。人和人相处的根基已经东摇西摆，大家的心里唯有对富裕的渴求，已经看不到农村留给我们意识之中的那种和睦与平静了。

好久没有回家，失去了家乡的任何消息，我有些坐立不安。这天我给三弟打电话，他说他们都在内蒙古。三弟的回答令我吃惊不小，一向无法割舍田地的他怎么也会做出如此鲁莽的决定呢？必须要按期回家了，哪怕再忙。父亲依然舍不下田地，他不忍心让田地荒芜，便和母亲挑拣了些附近的田地，种上洋芋和油菜。其实他们二老并没有完全丧失劳动能力，只是我们心里过意不去，最终那几亩田地从播种到收割都雇了人。我在心底做了本账，如果将所有工钱合计起来，已经远远超出了田地里的收成。不过话说回来，如果人人都这么想，那田地由谁种？粮食来自何处？我再次想起父亲的话——作为农民的本分，还是要守住田地的。

这一年村里几乎没有了人影子，偶尔见到的也就是几个小孩子和老人。一直到冬至过后，村里才热闹起来。三弟很显然感觉到了，出门在外拿回来的的确要比种地多。作为农民，如果说种地让人心安稳的话，那么让人心安稳的就不仅仅是种地了。从外地打工回来的大多数年轻人，无论精神上还是生活上，都要比种地的洒脱。我不是刻意强调打工有多好，事实确实如此。守住田地，却换不回洒脱。出门在外，却又丢失了作为农民的本分。然而这样的矛盾在我的村庄是根本无法调和的，看来在崇尚金钱的年代里，农民的本分将要被追求富裕的雄心彻底抛弃了。

村庄已经荒芜好几年了，田地的荒芜更是令人心疼。从土地下放到群力求富，从挖树垦荒到如今的满山凄凉，我们到底寻找怎样的生活方式呢？土地从来不亏欠我们，也不挑三拣四，而我们在这片土地上做出了这么多选择，是对，还是错？哪一条才是我们走下去又能见到希望的路呢？

打工潮再度兴起，可大哥已经丢弃了他最初的职业，想从头再来，却十分艰难。二弟的事业虽然有政府的大力支持，可那么多债负于身，一时也无力回天。三弟慢慢缓了过来，他的观念也有了很大的变化，可他突然羡慕起我来，说这辈子没有读书算是白活了。言下之意，已将所有希望寄托于两个孩子身上。

我的家族在整个村庄来说不算太大，但也不小。家族的兄弟们坐在一起的日子相对更少，就算在一起，也没有小时候的那种亲切。攀比、嫉妒，甚至仇视，各种情感集合在一起，难以说清。同辈的都已成家，有的当爷爷了。小一辈的正值少年，然而读书的却少。除了打工，大家对田地越来越陌生。但他们对更小的一辈又开始寄予厚望，想方设法从村里的学校转到县城学校读书。孩子们小，在县城无人管教，加上从小在村里生活，散漫的习性不是说改就能改掉的，因此这样那样的问题层出不穷。这年冬天，家族兄弟们都聚全了，大家说起打工，说起田地，每个人都有不同的看法。所有看法归根结底都在钱上，都在梦想着一夜暴富。可就算成为富翁，他们的愿望还是很小。买辆车，重新盖房子，住到城市如此等等。更多是对外地老板的倾慕，没有一个人对田地持有感情，从头至尾唯一感兴趣的似乎只有钱。这样的意识下，希望会在哪儿呢？

三

村里的风气彻底变坏是从打工开始的。这是我感受最强烈的变化，也是自以为判断最准确的。清明一过，年轻人或带妻女，或单身一人，远走他乡。外面世界的辽阔使他们发现了自我内心的狭小和封闭，他们一出去，再回来之后，总会把自己弄成阔少爷的样子。我听到或目睹的已经不少了，但有件事情终究还是落在家族里一个堂哥身上。事情已经发生快两年了，尽管大家不论语言和物质上都给予了安慰，然而我想，堂哥的心灵里怕是永远蒙上了一层阴影。

堂哥算是聪明人，七八年前就不怎么种田了，村里人大肆种药材的时候，他并没有羡慕，因为他当时的生意特好。堂哥早年一直在牧区给人修房子，倒是有许多草原上的朋友，一来二去，也是沾了草原朋友众多的福气，于是就做起了皮毛生意。那几年乡间流行皮夹克，也流行大马靴，同时地方也建有好几个皮革加工厂，所以皮毛生意很不错。堂哥没有读过书，然而他对市场需求却有十分敏锐的把握。不到几年，算是有钱了。做生意来钱快，但他选择的生意短短几年就被别人抢走了。按照他自己的说法，是不想做了。堂哥和村里其他人一样，哪怕一败涂地，也不会说出被时代或市场抛弃的话来。堂哥是生意人，有他的想法，他自然不会理会村里人说他游手好闲的那些闲话。

堂哥有两个儿子，媳妇老实本分，也颇有姿色，无论堂哥赔多赚少，她总是保持着既不萎靡也不张扬的姿态。这样的媳妇，当然没有什么可说的了。可事情往往始料不及，也无法防备。堂哥不做皮毛生意之后，就在县城开了一家小饭馆。堂哥媳妇的侄儿有厨艺，对堂哥来说，这样的便利条件则是如鱼得水。一方面减少另请大师傅的麻烦；另一方面，有媳妇侄儿的入股，便可免去外人使坏的担心。很短时间内，他小饭馆的生意就火爆起来了。就在这期间，堂哥的老婆出谋划策，决意赶走侄儿，独揽生意。生意场上人心不古最为平常，堂哥不但没有去想这样做是否会对饭馆带来不利，而是不停地夸赞媳妇有本事，于是便将饭馆所有经营权交到了媳妇手里。实际上，媳妇侄儿的离开并没有给饭馆带来多大的影响，可另外一件事的发生却让堂哥想不通。因此，堂哥一下从壮年的潇洒踏进了暮年的沧桑。

堂哥媳妇跟别人走了，男的是邻县人，也是堂哥饭馆里的常客。他们一来二去是怎样勾搭上的，他一点儿都不知道。堂哥是直性子，这件事情他并没有遮遮掩掩。堂哥回忆说，自媳妇侄儿离开后，购买东西的事情一直由她负责。他有那么一点警觉，可是怎么也想不到事情会沿那个方向发展。东窗事发是后半年，等他发现之后，媳妇已经卷走了所有积蓄，不知去向。当然，最初他也不确定，后来村里人说在新疆遇见过他们，这才确定男的果真是邻县那人。

折腾了一大圈子的堂哥算是彻底地鸡飞蛋打，村里人从来没有停止过对堂哥一家的议论。除了说笑，更多的则是警惕。堂哥为此没有回村，觉得丢人，还是有不为人知的秘密？我们谁也不大清楚。而堂哥常年只身在外漂泊，却成铁定的事实。可怜两个孩子，他们来回寄养于几个大伯家，几乎沦为孤儿了。

后来的事情更令人难以想象。不到两年，堂哥的媳妇被人始乱终弃。那段时间，堂哥是因为各种原因而始终没能再娶。在家族许多长辈的劝说和孩子们的乞求下，他们又和好了。只是堂哥彻底离开了村庄，田地荒芜了，老房子坍塌之后，庄窠便宜变卖给外姓人。后来我听说他们一家在外县租了一间小屋，靠打零工度日。原本想着抽空去看看他，可又打消了这个念头。那件事情对堂哥来说毕竟是不光彩的，一旦去了，谁知道是潸然泪下还是形同陌路？人生在世，众多事情并不是我们想象中那般美好。恰恰相反，许多美好的愿望常常会将我们逼到无法回头的地步，窘迫与尴尬往往也会给我们的回忆涂满难以抹去的阴影。

因为三弟不在家，我回家的次数渐渐多了起来，和村里老人聊天的机会也多了起来。如果你不在村里，或是不生在村里，怕是永远不会相信——荒诞离奇从来就不是书本上的夸张。乡村原有的那种宁静不知不觉中已消失殆尽，换之而来的便是无法说清的骚乱与背离。打工兴起，田地搁置，加上妻离子散的事件不断出现，人们对“门当户对”开始有所怀念。可在现实之中，门当户对似乎又是一个传说。我小时候就知道，老一辈给儿女找对象都是要仔细打问对方家庭的底细。那时候，村里相对贫困，娶媳妇是花不了太多钱的。可现在不同了，花这么多钱娶媳妇，一旦出了问题，对一个家庭来说，无异于“逼上梁山”。也正是这个原因，新媳妇一娶进门，稍作休整，便可出门打工。或者，养在家中，像宝贝一样侍候。不是每个家庭都有那么多钱，实际情况都差不多，都是在亲戚朋友处拼凑。如此背负重债的情况下，大家只能另谋出路了。

这年冬天，我在家小住了几日。冬天的村庄要比其他时节好，起码不荒凉，大街上总有人。大家一吃完早饭就按部就班，在阳光最暖和的土窝窝里点一支烟，说东道西。因为父亲从不给我说这些，所以我对村庄突然之间感到十分陌生。就在这个土窝窝里，我听到了许多故事，某某在工地上带伤回家，获得巨额赔偿，等等。他们的言谈之间，似乎对带伤回家者有无尽之羡慕。我不知他们心里怎么想，但我知道，所有一切都是为了钱。村庄难道真的沦落到如此“贫困”的地步了？

就在这个冬天，村里刚满十八岁的三个小伙子分别从外地带了媳妇回来，其中一个就是我的远房侄儿。村庄多年没有出现过这样的事情，因而那几个小伙子一下成了众说纷纭的焦点。

父亲来电话，让我必须回家一趟。不用想，必须要回去。因为那小伙子是家族里一个堂哥的儿子，要办宴席。宴席办得风光，全村老小吃吃喝喝好几天才消停下来。只是可惜，少了媳妇的娘家人。堂哥从办宴席开始到结尾，口里总是挂着这句话。我们谁都没说啥，各自随礼，一是给堂哥长精神，二是表达自己的一点儿心意。没掏一分钱，白白得来一媳妇，也算是积福不浅。村里也有人这么说，其实我并不那么想，看得出堂哥心里还是有疙瘩的，只是他不愿意说罢了。果然，春天刚来不久，问题就来了。堂哥的儿子让派出所带去问话，一家人愁得不吃不喝。虽然大哥的前景大大不如以前，但在各个渠道大哥还是有朋友的。三番五次，总算问明了事情的来龙去脉。原来侄儿带来的媳妇是某县某村某人家的姑娘，说那姑娘在侄儿打工的那地方一所高职学校读书，让侄儿给骗来了，人家报了案。事情算是平息了下来，姑娘的前程也算是废了，所以那家人张口就向堂哥要五十万元。五十万元对堂哥来说，是天文数字。无奈生米已成熟饭，家族里所有兄弟们东拼西凑，最后以二十八万元草草打发了娘家人。中秋节一过，堂哥顺顺利利当上了爷爷，过往的不快也便随之化为云烟。然而新的问题又来了，侄儿媳妇死活不愿意和堂哥他们住一起。没有办法，堂哥只好在门外的草房里搭建起属于自己的另一个家。实际上堂哥大不了我太多，可我见到他的时候他已经老迈得不像样子了。

后来我又听到其余俩小伙子的消息，一个的媳妇只住了几个月，生下孩子便不见了踪影。对于小伙子来说，就当一次寻欢作乐，可对于孩子而言却是莫大的伤害。另一个就更严重了。听起来，最初和堂哥家的事情有点像，先赔礼道歉，后拿彩礼办宴席。按理说也算圆满了一对新人，成就了一个家庭。然而事情的走向却让村人吃惊不小，媳妇又跟其他人走了，而娘家人却死缠烂打天天来要人。小伙子扬言要捅了拐走他媳妇的那人，可是那人在啥地方？按村里人的说法，人家是白的黑的都不知道，你去哪里捅？

现在看来，古人所说的门当户对不是没有道理的。家庭的生活方式和文化基础是在一个家族一代一代沿袭或演化下来的，即便周围的环境有变化，但那种教养和沉淀下来的传统一时半刻难以改变。两个家庭如果有相近的生活习惯，对现实事物的看法相近，生活中才会有更多的共同语言，才会有共同的快乐，才会保持更长久的彼此欣赏，也才会让婚姻保持持久的生命力。门当户对的婚姻观念从道理上来说，的确符合社会所处的现实环境。可是现在的情况却十分复杂，做父母的到底怎样去教育孩子，才不使他们在花花绿绿的大千世界里走样呢？

村里人在思想和观念上有了全新的认识，这种认识使许多婚姻出现了危机。带出去的妻女有许多不愿再回到乡村，青年小伙子也想用各种办法欺骗他人妻女，不论是出去的还是进来的，结局只有一个——竹篮打水一场空。漫山遍野的田地荒芜着，农具几乎都进了火炉，整个村庄不见一只牛羊，可大家依旧无法放弃对富裕的冥想。到底是什么让农村社会自给自足的自然经济彻底迈向崩溃的边缘呢？

我一直想得到答案，可一直没有找到准确的答案。

四

又一年冬天到了，在大哥的提议下，二弟和三弟的孩子也相继转到县城去读书。我们在县城租了一套房子，让父母去陪读。父母在县城住，我到村里去得少了。三弟再也没有外出打工，老老实实待在家里。二弟在养牛上连年受挫，于是不再考虑养殖生意。大哥的运气感觉上始终要比我们好，三弟在我跟前也叹息过命运的不公。还说半辈子和田地打交道，如今依然两手空空。言下之意，他是恨透了田地。说来也巧，谁曾想到当初分给大哥的那几亩山洼里的田地，却带来足以令他转机的资本。一条从县城通往另一县城的二级公路恰好经过，因此大哥拿到了一笔不菲的补偿。于是大哥便将目光放到村庄背后的红土山上。大哥想兴办砖厂，也想拉我入股，可我拒绝了。兄弟们一旦和金钱缠在一起，难免会有所擦伤。何况我想，既然有份工作，就没有必要跟着冒风险了。

大哥从找人入股、选地址、办手续，到修建厂房、购置机器、招技术员等足足花了一年多时间。更巧的是大哥建好砖厂后，就碰到乡村风貌改造工程。看来大哥真有远见，不过我不知道他是否提前得到相关消息。大哥毕竟在生意场上混了那么多年，各个领域熟人还是有的。砖厂建立起来后，村里年轻男女都去大哥那儿打工，他早年的威信似乎又重新找回来了。

就在大哥修建砖厂的那年夏天，家族里一位老人过世了。大哥给我打电话让我赶紧回家。偏偏不凑巧，那段时间我正在外地学习，无法按期参加老人葬礼。学习回来之后，我就回家了。去世的老人是本家三叔的父亲，生老病死是谁都无法改变的自然法则，况且老人年事已高。我在本家三叔那儿坐了一下午，三叔显得很疲惫，不怎么说话。三叔的三个儿子都比我小，但都不省心。或许也是这个原因，三叔总觉得任何事情都不如人，所以显得深沉而感伤。

三叔吞吞吐吐，说了不多几句话，大致意思是给老人的丧事办得不够光彩，怕是在村里落下了笑柄。我知道，三叔这几年过得不容易，三个儿子中两个还在打光棍儿，这不得不叫人犯愁。

那晚我住在大哥家，兄弟们都来了。有人要喝酒，有人要打牌，但都让大哥制止了，说老人百日都没过，村里人会笑话的。没有任何娱乐活动，大家显得极其无聊，坐了一阵便各自回家了。大哥很少给我说他的事，但这次说了很多。说到砖厂，也说到了村庄，最令他无奈的还是他的生意。大哥说，厂子不但欠账严重，而且来打工的村里人都不省心，哪怕是一颗螺丝都要想方设法拿回自己家去。我对大哥说，这样的事情如果睁只眼闭只眼的话，恐怕厂子办不长久。大哥说，二弟操心着，可不好处理。就算当场抓住，人家脸一红，笑笑就过了。大哥一边说，一边叹着气。我知道村里人心眼都小，可小事情更能洞见人心，何况人心早已不是我们想象当中那样善良了。为自己着想没有错，刻意觊觎不属于自己的东西，不但有悖良心，而且还会伤了彼此的脸面，然而这一切似乎有无法更改的传统。很小的时候，我就听过某某某在集市上因偷了一包菜籽被人打得鼻口流血，奇怪的是得手者往往还会笑话没得手的人。没有必要去猜测他们的心理，我只是想，中国这么大，村庄多得无法数清，人人都这样吗？

大哥说自己事的同时，也说到了本家三叔。因为老人去世的时日不好（北方农村死人后，往往要请阴阳先生按死者生辰八字盘算出殡时间），所以在家整整停放了七天。七天时间在夏天来说是可怕的，就算不完全腐烂，怕也臭气冲天了。再说村庄现在有许多坏规矩，人死后全村人都来吃吃喝喝。仅仅吃喝也是不怕的，最近几年又捎带了烟和酒。大哥说，还好，老人殁在夏天，虽然日子不好，相对年根腊月人算是少了一大半。三叔本来日子过得紧紧巴巴，这下可好，一个老人彻底让他失去了活着的勇气。大哥还说，村里殁了人，原本做一锅烩菜也可了事，可现在不成，就算不上席，顿顿羊肉却不能少。大哥说着无心，可我听得直冒汗。同时我也在心里盘算了一下，所有一切少说也得七八万吧。办丧事已经完全成了衡量一个家庭是否有实力的标准，死人也成了活人活着的尊严，因为丧事的红火程度决定了这个家庭在整个村庄的地位与声誉。最可笑的是，办丧事的标准也变成了家人是否尽了孝道的参考。不但如此，丧事期间少了传统的礼仪，赌博却成了一大亮点。如果不是我目睹，我也不会相信。我一直想，城里人越来越简单，为何农村人偏偏越来越复杂？闭口开口一个字——钱，就算真有钱了，山坡上还会重新长出树木？

几十年前村里办丧事，那的确是一项很神圣、很隆重的集体活动。按照这个说法，现在根本就是演戏。当然，这台戏每个家庭都无法逃脱，关键看你怎么去演了。

高军是我同学，他初中毕业后就不念书了。原因很简单，他想挣钱。初三毕业前，他就组织过一次舞会，地点就在他家羊圈里。那年月迪斯科风靡大江南北，村里会跳的几个都是常年出门在外的。老人们看重的是田地，而对这些乱七八糟的折腾却看不上眼，因此会跳迪斯科的那些人也被冠上头等二杆子的名号。

高军就是因为在羊圈里跳迪斯科一事彻底和他父亲闹翻了。他父亲见他在羊圈里拉电线挂彩灯，就大骂，说“第一课”都不会，还想“第四课”。尽管如此，他父亲还是没能拦住。气受了，羊圈里踏得像石板一样的羊粪还得他亲自去挖。高军也是因为有了在自家羊圈办舞会的经验，接着就搭伙其他人，在每个庙会到来之前提前搭好帐篷，风风火火办起了舞会。钱是多少挣了点，然而却失去了人气。村里人人都咒骂他，说教坏了不少人。当然，高军也没有因为村里人的咒骂而停止，不过舞会不办了，他开始在庙会上放录像。白天是清一色武侠片，晚上是清一色生活片。我上高二那年，再也没见过高军的影子。有人说去大城市发展了，也有人说，因为到县城开录像厅，放了黄片子让公安局抓走了。村庄里离婚的年轻人多了，倾家荡产的多了，犯罪的多了。村里人把罪恶的源头揪了出来，说都是高军带坏的。当然这样说高军是没有道理的，但村里人就喜欢这样，任何事情都会怪罪到某个人身上，而从来看不到其他的不利因素带给村庄的伤害。

高军的家庭实际上和村里众多家庭一样——靠田地吃饭。高军不见影子以后，他父亲的日子很艰难。不过还好，高军父亲去世前的那年春天，高军开着一辆高档轿车，带着一个金丝鬈发的姑娘回来了。那年冬天，他父亲去世了。高军对他父亲确实是高抬深埋，好烟好酒，羊肉往饱里吃，出殡那天果真摆了十几桌宴席。

我是第一次见到在丧事上赌博的。那几天我恰好在父亲那儿，高军不但是同村的，而且还是同学，于是我就过去了。冬天村里人基本都齐，加上他办得红火，他家比年根腊月的集市还热闹。

本村殁了人，邻村人一般不会来。高军父亲去世那几天，邻村来了许多人。最后那一晚，就连邻县的人都来了，都是来赌博的。感觉上任何地方、任何事情都离不开老板。那次我就见了几个赌博老板。不是传说中的穷凶极恶，也不是想象中的猥琐小人，看上去倒是很大方，说话做事也显得很正派。输得没钱的事情，老板可以给你借。那几天，高家有好几个都参与其中，在输赢的喜怒哀乐中滚爬，早就忘记了停放在尸床上的亲人。

高军父亲出殡那天下午我返回县城了。没过多久，我陆陆续续听到有关高军给父亲办丧事的事情。村里人说，人家可是大孝子，看把老人抬得多光彩。甚至其他村的人也有如此说法，人家父亲命大，有个好儿子，等等。我就此想，高军不在的那几年他父亲差点都饿死了，那时候他的孝心在何处？当然我也想到了本家三叔的苦衷。人都没有了，为什么要在乎别人的种种看法？以至于一年之后，更可怕的消息传入我耳。事情起源于高军家，高军因为赌博，借高利贷因到期而无力还款，让人家剁掉了两个手指头。

五

给儿子娶媳妇是老子的责任，也是义务，农村自古如此。然而在当下农村，娶媳妇确实越来越艰难了。娶媳妇难，送老人难，难就难在钱上。丢弃了田地，一直寻找新的生活出路的乡亲们，已经不知道哪条路才是有希望走下去的。

秦晖先生曾在《“乡村衰败”是什么造成的》一文中如此论述：“传统乡村、农业、农民陷入衰败，似乎是个难以阻遏的潮流。从整体趋势来看，相对于城市的繁荣，中国农村将会一直陷入相对衰败之中。其主因就是目前的城乡二元制度，它像一个巨大的抽水机，单向地把农村资源抽向城市。”我亲历或目睹村庄的种种变化，由此而感到，所有一切不仅仅是城市抽取农村资源那么简单。

前不久，大哥来电话说了一件令人汗颜的事儿。大哥说，程喜吊死在离砖厂不远的一棵树上。又说，他家老老小小在砖厂旁边支起毡房，整天哭闹。听完大哥的话后，我无言以对。选择砖厂附近哭丧，无非是想引起四路八乡人的关注。除此之外，还误导大家，觉得这件事情和大哥的砖厂有关。事情最后还果真让大哥端了屎盆子。程喜家人的意思是，为什么不到别的地方上吊？为什么那儿要栽一棵树？大哥被他们闹得像无头苍蝇一样，政府介入也不管用。他们每天清晨点桑烟诅咒，不但如此，还在砖厂门口指桑骂槐。最后，大哥只好赔给程喜家埋葬费。当时村庄里的声音各有不同，有的说大哥人太好，有的说，这件事是因为牵扯到村庄的风貌改造。大哥兴办砖厂是在村庄风貌改造前起步的，被人误解情有可原，可证据呢？事后很长一段时间，大哥才坦然地说，算是干了一桩善事吧。我想，这样的事情摊在谁头上谁倒霉。

都不愿意寻找根源，总喜欢将责任推脱到别人那里，这样的习惯大概由来已久。亚当和夏娃的故事告诉我们，原罪是在诱惑的条件下闯入人类世界的。那条试探夏娃的蛇，无疑是狡猾的撒旦化身，它恶意地歪曲神的话，使人类产生了贪求物质享受的欲望，催生了损人利己的极端念想，人类最后只能承受罪恶带来的痛苦。奇怪的是夏娃从来就没有去反思，反而辩称是撒旦怂恿她这么做的。她没有面对责任，而是推卸。如果我们将这个故事圈定在道德的范畴内，我们有资格留在天堂吗？不，我们必须承受道德的惩罚。上帝造人，仅仅是给予我们行为和意识的自由，而如何发展，如何成就，如何认识善与恶，则是我们后天习成的，与神无关。魔鬼虽然给我们诱惑，做与不做却由自己。难道上帝按自己的意志，真将人类引入了歧途？由此，我也想到流行于职场的一则笑话，是说一小职员与领导同乘电梯，电梯内有三人，领导突然放了个屁，这时那个小职员从尴尬的笑容中挤出一句——不是我。次日他被解聘，找领导理论，得到的答复就是屁大点儿事都不懂得承担，要你何用？这样的故事何尝不在我们身边时刻发生？哑然失笑的同时，又是何其悲凉！

为什么要别人替你承担？后来我明白，因为那些人都是没有责任的人。也只有一个没有责任的人，才会把责任推卸到别人身上。这是传统吗？我想，村庄里没有人会认真去读《圣经》的，而那种惯于推卸的因子却继承了下来。类似的事情不是在大哥身上就戛然而止，而是接二连三出现。邻村马河一小伙将摩托车骑到马路边的沙堆上，当场毙命，亲属趁执法人员不在场，就将死者抬到政府楼前质问——马路边上的沙堆为何不及时清理？如果没有那堆沙，我家孩子不会出事。更为离谱的是另一村农民牵牛进城，办事情时将牛拴在电杆上，办完事回来发现牛死了，于是闹到电力公司……

会哭的孩子总是有奶吃。这也是我无意间听到村里老人如是说。这是怎样的一种思维方式呢？或者说，靠欺骗和推脱就能更好地过一生？他们到底是寻求怎样的生活道路？这条不断更新和不断延伸的道路上，我看到了秩序的混乱，也看到了价值观的彻底覆灭。那么，剩下的还有什么呢！

大哥的厂子自那件事情发生后，的确受到了很大的影响。兄弟们都虎视眈眈，要找那家人讨个说法。还好，大哥并不是那种不谙世事的人。他说，钱都赔给人家了，善事已经做了，就没必要再去招惹麻烦。

一年之后，大哥的儿子顺利考上了四川大学。以前人们都说这一带土头硬，不会出人才，而大侄子的努力确实打破了几代人的传统说法。不久，新的理论又出现了，那就是县城教得好，村里老师都是混工资的。对此说法，我不敢有任何评判。总之，由三三两两送孩子到县城读书发展成为大规模进军。一时间，村里学校只剩十几个学生。都没有考虑实际情况，只是看大潮，随大流。我一直坚信，孩子的身边没有家人看管，迟早会出问题的。还有，孩子如果不是特别优秀，转到县城反而是坏事。因为城乡之间的教育的确有差距，学习跟不上，自然就厌学，继而堕落，最后苦了家人害了自己。事情的发展并不是我所想的那样，事实是几乎全村的一度被闲置的老人又重新忙了起来。从五十到七十不止，全部进城去看管孩子，整个村庄无鸡犬之声，亦无炊烟之状。进城看管孩子的妇女或许是因为寂寞，也或许是生活层面上的其他原因，她们便开始三五一群，结伴成伙去附近工地偷东西。

父亲给我说起那些事情时，显得极为不安。无论是家族里的人，还是其他村庄里的，出那样的事情毕竟很丢人。

我在心里曾经构想过那个场景：午夜时分，偶尔有车辆风驰电掣般穿过街心。几个老人背着背篓，拿着纤维袋，躲躲闪闪，沿灯光黑暗的方向移动着。他们的目的就是县城附近的工地，他们的目的是从工地上偷回有用的东西。没有人在意，也不会有人将丢失东西同他们联系起来。他们进入工地之后，能拿动的全拿——焊条、断钢筋、木板、钉子，等等。就在他们满载而归的时候，恰好遇见半夜而归的工人。那些工人先是大喊抓贼，然后是一群工人大喊抓贼。他们只好丢下手头的东西，到处躲藏。事情就这样发生了，其中一老人被地上的杂物磕了一下，摔倒之后再也没有起来……

当然，谁也不在场，父亲的叙述也仅限于村人间的传闻而已。我问过大哥，大哥也说情况大致如此，老太太是突发心脏病，其他人都进了派出所，第二天都放了出来。失去老人的那家意外得到工程队的赔偿，听说他们没有要，具体谁都不知道。一年过后，我依然听到闲言碎语，说在县城看管孩子的老人们偷盗成风，没有丝毫收敛。

腊月回家，我去了本家一兄弟那里，刚进门就看见门口堆着的木板，上面沾满了水泥。不用说，都是工地上的。本家兄弟红着脸笑着说，不能用，只能烧火。我没说什么，只是觉得恶心。我给大哥说过这件事，大哥摇了摇头，叹气说，都那样，不然无法交代。我不懂大哥的意思了。大哥又说，一句话，空手不好回家。人人都满载而归，只有你空手回家，怕是在儿媳妇那儿说不过去。原来如此。

记得父亲说过，现在村里大多年轻人都不愿意赡养老人，那老人们只能用其他方式为家庭再做贡献。而且我还听说，在县城看管孩子的稍年轻的女人们想方设法勾引城里的老男人，用自己尚存无几的爱和荡然无存的欲，去换回一个家的稳定，或是自己的苟延残喘。我不敢去想，也不愿再去听这些。然而，这样的事情却经常传到我耳中。做不到彻底的拒绝，我只能在城市的一隅，听他们的论调——城里人让乡里人彻底教坏了。

田地空了，而藏在日渐富裕的表层之下的人心更是空如枯竹。空了心灵的人会越来越坏的，这怕是破坏农村社会最初礼仪和道德的根源吧。农村再也不是深入人心的辞典当中的那个农村，而是你死我活的生死场。

费孝通先生《乡土中国·礼治秩序》一文如是说："乡土社会秩序的维持，有很多方面和现代社会秩序的维持是不相同的。可是所不同的并不是说乡土社会是'无法无天'，或者说'无需规律'。……返璞归真的老子觉得只要把社区的范围缩小，在鸡犬相闻而不相往来的小国寡民的社会里，社会秩序无需外力来维持，单凭每个人的本能或良知，就能相安无事了。"

是的，农村秩序的维持，有很多方面和城市的现代文明秩序是不尽相同的，但也不是无法无天，其间有许多你看不见的礼治，一旦将这种礼治破坏，农村就远远不是"无法无天"这么简单了。

六

时间在大家相互攀比和钩心斗角中过得格外快，恍惚间，又到一年的腊月了。这天大哥来电话，让我抽空回去一趟，说许多事情要提前做准备。还说去年我没来，都有看法了。我一边答应着，一边心里想，过年的感觉早就消亡了，还能有什么看法？

不是我小气，或是对亲戚们有成见，平常素日都不联系，快过年了倒是挂念起来，说白了，无外乎一顿吃喝而已。我们兄弟处处让人为难，深究其原因也很简单，大哥二弟联合办砖厂，三弟虽然务农，但相比而言也算不错，加之我有一份固定工作，因此整个家族里的弟兄们都怀有嫉妒之心。口头不说，一旦遇到婚丧嫁娶之事，如果我们不跑到前头，抑或是随份子的钱不比别人多的话，他们就会冷言冷语地嘲讽。所以这几年来，我厌倦了那种相互猜测、相互攻击，甚至因嫉妒而不明不白的令人赌气的聚会。

过年是一件很重要的事情，自古以来如此。虽然现在的日子都差不多过成年了，但过年在每个人内心所占据的位置依然不可替代。过年能穿新衣服，过年还能拿到长辈们的压岁钱，过年就能放鞭炮，过年就有糖果吃——这都是遥远的事情了。而且在我依稀模糊的记忆中，过年前还要请阿克[①]念平安经，要去寺院点灯进香……

那时候村庄里孩子多，每个巷子里都是笑声。大人们也似乎清闲，向阳的土窝子也充满了笑语。过年的时候更不用说，到处是提篮挎包、行色匆忙的人群。走亲戚拜年的事儿绝对不能马虎，然而短短几年时间，这一切却发生了巨变。找不到年味，也找不到年前的那种兴奋与渴盼，反而多出了莫名其妙的对过年的某种害怕和厌恶。

大哥在电话里催了好几次，我知道，大哥如此催促是怕亲戚们在团拜时说些不该说的话。就算再忙，就算再不情愿，你也不能拒绝。在尘世，

① 阿克：藏语，即和尚。

有些事情并不随我们的意愿，恰恰相反，最不情愿的事情反而需要我们认真对待，否则会留下无法安心做人的后遗症。尤其在乡村，在亲戚朋友之间，最容易被套上忘恩负义之类的罪名。

我如期而至，每年如此，然而还是看不到乡村热烈温厚的腊月气氛。阳光依旧像童年时代一样，丝毫没有减弱，可熟悉的巷道中却空空无人。老家的房屋依旧那么黑，黑黑的房檐下依旧是母亲挂起的一串串干白菜，也似乎唯有它们，才能尽显时间的纯粹了。可是这些年来，我和村庄却成了一对情人，既不能终身厮守，也不能一拍两散，只是匆匆一见，便又匆匆一别。这片土地给予我深刻的回忆，也给予我成长的快乐和辛酸，我做不到彻底地忘记。纵然我一次次丢弃对过往事件的陈述，但当蓦然回首时，才发现真正不能丢弃的，或是无法割舍的依然是那段干净的日子。我在心底一次次祈祷，也渴望在走进家门的那一瞬，像走进儿时的那段岁月一样。可是不能，我的内心全是对乡村的背离与反叛，是压在心头无法说出的厌倦和憎恨。

是夜，家族里兄弟们围坐在一起。父亲嫌吵，躲进了另一间房屋。订饭馆、随份子、联络亲戚，之后大家便玩牌喝酒。我知道，后半夜就会有人骂骂咧咧，指桑骂槐；也会有人哭哭啼啼，抱怨命运不公。已经习惯了这种表面的和谐与背后的阴谋，这个时候，我往往就成了一个木偶，没有思想与灵魂，也失去言语和表达。家乡原本不应是这样的，但我们已经回不去了，那种逐草而居自由自在的游牧生活已经成为遥远的传说。我也十分明白，所谓安多地区的农牧结合地带，实际上已经不存在牧业，农业的发展也是止步不前。青藏高原恶劣的自然环境，难道是造成人与人之间冲突的资源基础吗？如果真是这样的话，那千百年来生存在这片土地上的人们难道就没有过和谐的日子吗？很显然不是，否则老人们怎么会对过去念念不忘？是不是富裕了，人心就开始动荡起来？

父亲在每年的这个时候总是无法安稳地入睡。我偷偷离开外间，来到父亲屋里，和他对面而坐，陪他说话。

父亲说，又轮到你组织了，看着都麻烦。因为这种麻烦是无法推卸的。

父亲又说，大家都相互不拜年了，过年也没有了意思。

团拜不是一样吗？我小心地对父亲说。

团拜有啥意思？除了喝酒吵架，哪有年味？这样下去，几年之后你们连亲戚家的门朝哪边开都不知道，亲戚们感情也就薄了。

可是团拜已经流行好几年了。我说。

那是你们懒，不愿意跑路。父亲说，还真是人情淡薄了。

的确也是。想想当年，几十里路，背着背包，拿着年礼去拜年。到亲戚家放下年礼，吃一口便又转身。然后亲戚们又是如法炮制，人人如此，家家一样。也不知道是谁起先想到了团拜的这个主意，流传千年的礼仪就这样彻底终结在年根腊月了。如果不拜年，相互之间的感情就会渐渐淡漠。实际上正是这种原始的相互走动维护着彼此间的情感，这种情感的存在间接维护着乡村社会的存在。恰恰相反，现在乡村流行的团拜正好破坏了那种隐形地维护着乡村社会的存在情感，加速了农村社会心理结构瓦解的速度。是形势所迫，还是社会发展的因素？抑或是人心在社会发展中的必然？有谁说得清！

团拜是古代拜礼的一种形式，指团聚行礼，相互庆贺。原指亲朋好友因喜庆之事相聚，围成圆圈，相互面向，行拜礼。《朱子语类・杂议》曰："团拜须打圈拜，若分行相对，则有拜不着处。"到了明清时期，团拜特指各地同乡同年官僚于正月间举行的聚会庆贺活动。中华人民共和国成立后，团拜逐渐兴起。无论党政机关、企事业单位还是人民团体，在新春佳节到来之际，都要欢聚一堂，或清茶一杯，或佐以糖果。可见，团拜在一定程度上成了交流思想、联络感情的一种方式。然而乡村团拜却远远要比中华人民共和国成立后逐渐兴起的团拜复杂得多了。

一过腊月二十三（小年），县城饭馆可谓座无虚席。老人们就不愿意去凑热闹，坐上席的几乎都是年轻小伙。团拜分主次，先和亲戚们团拜，然后才是家族里的兄弟。亲戚间的团拜也是轮流组织的，要提前一一通知，然后到固定的某地集合。

大哥在前几天就订好了地方，亲戚们大多有车，但都被大哥一一制止了。因为团拜难免要喝点酒，一旦酒后开车出事就麻烦了，何况这样的事情已经在村庄里发生过好几起，所以大哥提前包了车，车费由大哥出，大家也无异议。

饭馆在县城最繁华的地段，这一点大哥说了不算，必须由亲戚们共同商议。小地方不起眼，大地方才气派，大家都这么认为。在这件事情上（想来也不仅仅是这一件事情），我从来不敢多说，我宁愿将这一切认为是人与生俱来的虚伪性，也不愿夹杂个人的看法。一旦开口，招来的便是众口一致的谩骂。拜年或许在最早就是一种仪式，但却体现着某种关系和某种认同。拜年多温暖，多关爱。而团拜似乎少了认同与关爱，多了形式与场面。实际上，我是十分理解亲戚们的。不甘落后固然是好事，然而，隐藏在各种各样的事件背后的却是令人辛酸的悲怜。

参加家族和亲戚间的团拜已经好几年了，每年都有说不完的令人无法忘怀的事情发生。但不能拒绝，更不能提出异议。其实，也是在短时间内想不出既不拜年也不进行团拜的更好的办法来。就这样，年年看着兄弟们相互猜忌、相互诋毁。岁岁目睹亲戚们相互攀比、相互奚落。兄弟和亲戚，原本一家的概念不知不觉在我内心有着不同程度的变化。

七

家族亲戚多，我们听取了父亲的意见，兄弟们将共有的亲戚放在一起，而对于媳妇背后的亲戚只能分开团拜了。这样一来，无形中减少了很多麻烦，也避免了人多嘴杂的烦恼。大哥、二弟、三弟，等他们和各自媳妇的亲戚团拜完之后，日子就仅剩不多的几天了。几天来，他们显得极为疲惫，一进门，就将身子交给土炕，甚至连说话的气力都没有。二弟和三弟尤为严重，因为我的二弟和三弟都是嗜酒如命的疯子。大哥虽然不喝酒，但也不怎么精神。父亲看在眼里，他只是搬一小凳，坐在阳光下不闻不问。我本来想笑，但看着他们如此的模样，却也笑不出来。

那天晚上，我们陪父亲坐着，似乎找不到可说的话题。

还是父亲打破了沉默。

父亲由衷地感叹了一句，那年头一只大公鸡就能让一家人风风光光过个好年呀。

是呀，那时候要等到五更天才去佛堂点灯，才去长辈那儿磕头拜年。父亲一开口，大哥也似乎找到了话题。

父亲又说，钱不值钱了，人也似乎不像人了。

那时候给长辈磕了头，才能得到几毛压岁钱。现在的孩子们不但不磕头，而且给五十块都不愿接。大哥接着说。

说的都是事实。看来大家对传统意义上的过年还是有感情，也特别怀念。由此我也想到，孩子的压岁钱早就失去作为压岁钱的意义了。压岁钱已经成了不同家庭之间隐形的经济较量。农村家庭的账目十分明细，压岁钱不但滋长了孩子们的贪婪，也有可能是亲戚间情感破裂的一个因素，同时还在一定程度上变相破坏着乡村社会的传统礼仪。压岁钱原本是传统文化的一部分，相传压岁钱可以压住邪祟，因为“岁”与“祟”谐音，晚辈得到压岁钱就可以平平安安度过一岁。而在当下，它却充当着不同家庭之间收支是否平衡的杠杆。当压岁钱失去传统文化的意义而严重变质的时候，乡村社会的礼仪大概早也变味了。

沉默的气氛被打开后，大家都在回味着早已不复存在的“年味”。我也想起小时候的一件事来。

无论家境如何困难，年货和年礼是必须准备的。礼仪原本就是提倡人与人之间的互惠往来，年礼更是一个家庭得以安康并和亲戚朋友保持友好关系的基本礼数。有一件事情就发生在我家。十年前二弟去拜年，拿了烟酒茶糖，而亲戚们返回来的却只是两个早已过期的罐头。为此，二弟曾动过怒，张口就说，这样的亲戚以后别走了。我记得，父亲当时制止二弟，他说和亲戚不能斤斤计较。但我的记忆中，父亲也表现出不悦来。父亲经常说礼尚往来，还说一个馒头的亲戚，关键在于门当户对。我也曾在心底咒骂过，因为我知道，亲戚家当初的情况远远要比我家好。父亲虽然口头制止二弟，不允许他有看不起亲戚的任何举动，而实际情况是第二年我们果然断绝了来往，父亲对此也从未过问。那个时候的人很实诚，一旦出现那种现象，断绝关系也正常不过。

年礼在我内心日益重要起来，大概源于那件事情吧。

记忆中年礼十分简单，两个梨与一盒饼干，或是两个罐头与一盒蛋卷，后来渐渐变成一包冰糖和一包果干。无论怎么变化，或蒸或炸的十个馍馍绝对不能少。背一个帆布包，徒步十余里，谁也不言劳苦。再到后来，由于自行车、摩托车替代了徒步，馍馍就被减掉了。不是其他原因，而是一路颠簸，到亲戚家馍馍早就碎成渣渣了。馍馍的减少换之而来的便是年礼的贵重，或茶，或酒。这样的日子维持了几年，团拜便在邻里乡间蔚然成风。

饼干在我心里占据着十分重要的位置。现在想起来，那时候一盒一块五毛钱，还是特贵的。饼干装在和书一样但比书厚了许多的纸盒里，记不清是什么牌子，也不知道是哪家食品厂生产的，我只记得纸盒上面画着一堆水果，写着什锦饼干。那时候，拿得出饼干的亲戚自然是家境比较好的了。年礼要亲戚自己掏出来，掏出年礼后，母亲会给他们的包里带几个馍馍。送亲戚的时候全家人都要出门，那样才显得人情厚重。就在家人送亲戚走出大门的瞬间，我飞似的返回屋内，拿着饼干使劲摇晃。饼干在纸盒里发出诱人的沙沙声响，我的口水早就流下来了。也就在那个瞬间，我冒着极大的风险，用切刀小心割开饼干的包装纸，将饼干倒了出来，然后把案板上干透了的面条折成小块装进去，最后用嚼好的馍馍粘上割开的包装纸。这样的精工细作，家人是看不出来的。当然他们做梦也不会想到，高贵的饼干盒子里装着一把干面条。偷换出来的饼干一块一块在厕所或是草房让我消化掉了，而至于究竟香到什么程度，我一点印象都没有，大概是忙乱之间失去了味觉，和猪八戒吃人参果没有两样。不知道被我偷换掉的那盒饼干最后流落何处，也不知道那盒饼干会不会使两家亲戚从此断绝关系。

已经到后半夜了，大哥还没有要休息的意思。平日里大哥很少说话，他在我们兄弟之间的威严程度似乎超过了父亲。这也许是大哥在很早前就担起这个家的缘故吧。兄弟们总觉得欠大哥太多，而对于父亲，则一致认为一切理所当然。

大哥断断续续说起前几天团拜的事，我听着汗颜不已。大哥说，吃完之后，还嫌不尽兴，于是又去了酒吧。这两年县城酒吧的确多出了好几家。那些小酒吧似乎专门为乡村人开设，一到年根腊月往往座无虚席。大哥继续说，去了酒吧，几个人唱，还有几个人跳。大哥说到这里便长长叹了一口气，又说，最后事情闹大了，酒吧的包间成了战场。幸好，没有惊动公安局，当然也给了酒吧天价的赔偿。我不明白大哥到底要说什么。我问大哥，到底发生了什么惊天动地的事呢？大哥说，长寿（大哥媳妇的侄子）在跳舞的时候乱摸了银花（大哥媳妇的妹妹的女儿），让人家看见了，结果就打了起来。吃饭也就花了那点钱，而那一闹腾却无法估算了。我听着突然心里咯噔了一下。还好，大哥没有参与其中，要不我们兄弟就再也没脸面在街头巷尾出没了。大哥生性善良，那样的场合他往往会全场包揽，绝不会让其他人出钱的。也或许是这几年大哥在生意上一帆风顺的原因吧，换了我，或是二弟、三弟，我想事情就不会那么平安收场。难怪大哥自团拜回来之后总是闷闷不乐、疲惫无限，遇到这样的事情谁能高兴得起来呢？换句话说，那样的事情也只有在那样的亲戚间才能发生。再退一步讲，那样的事情已经屡见不鲜了，并且逐年增长，花样百出。亲戚与亲戚间少了和谐，多了怨恨，甚至在伦理上都出现了问题。亲戚与亲戚之间演绎着怎样的关系？整个乡村与乡村到底演绎着怎样的关系呢？是什么让人与人之间、乡村与乡村之间变得如此松动而复杂起来了呢？

刘锐在《当拜年沦为功利游戏》一文中这样说：“拜年习俗的演变不过是农村众多变迁景象之一种，经历它远不那么沉重，回顾它却倍感农村之凋敝。当春节沦为生活享乐，当拜年沦为功利游戏，我们只有小家庭可依托的时候，个体的无力感、渺小感，价值的空虚感、无力感，生活的茫然感、放纵感就会积郁心头。”经历它远不那么沉重，回顾它却倍感农村之凋敝。说得太对了。可是我又想到，我们现在有家庭可依托吗？当所有的无力感、渺小感，价值的空虚感、无力感，生活的茫然感、放纵感就会积郁心头的时候，留给我们生命的还有什么呢？我依然找不到答案，也无从找起，大概只有时间会告诉我们吧。

八

大哥最初的担心还是有道理的，在刚刚联系家族兄弟的时候我就遇到了麻烦。有人开始推说时间不对头，也有人说今年要把规模搞得空前绝后……我听完之后就火冒三丈，但这毕竟不是发火的事情，所有一切还必须要你接受，并弄得像模像样才行。几天协商无果，我最后一咬牙做出了连自己都不敢相信的决定，时间地点由我来定，不愿来者拉倒。

其实那几天我心里总是担忧着会不会发生意想不到的事儿。还好，这次团拜只是家族里的众兄弟，就算他们想生事，有大哥在，我也不怕。

那天我和二弟、三弟早早就去了提前预订好的饭馆。说好中午聚餐，可已经过了中午。给大哥打电话，无人接听。饭馆里人来人往，只有我们订的那几桌空空的。三弟在门口看了好几趟，我喝了好几杯茶，仍旧不见一个人的影子。

原本我想和他们一起来，而大哥在这件事情上替我拿了主意——包车。家族里的兄弟们十之八九都有车，而且好几个是酒徒，万事小心为好，现在看来，也并非都是好事。会不会出事了？因为除了大哥不接电话，其他人的电话也不通。饭馆里的服务员已经收拾中午的残桌，忙活下午的热闹了。老板也似乎不高兴地说，那几桌下午都被人预订了。我正和老板协调，三弟着急忙慌地跑了进来——到了。谢天谢地，我提到嗓子眼的心算是落了下来。

刚一见大哥，我就抱怨他为何不接电话。

大哥向身后指了指，没好气地说，回去再说。

不见家族里的众兄弟，跟在大哥身后的全是媳妇和孩子们。不见一个男子汉前来团拜，我的心里忽地有股怒气游蹿而出。

大家并没有按照辈分就座，管不了其他，我坐下来就吃。一阵狼吞虎咽，空空的肠胃填充得差不多了，我站起身便朝其他几个餐桌走去。

大哥似乎知道我要去干什么，他没有来得及制止我，但我听见了他气急败坏地骂我。

每年团拜如此，大家遵循 AA 制，凭什么我要请客？当然起初我的想法是今年团拜就不一一向兄弟们收钱，因为我常年在外，也有份工资，所以想着请兄弟们吃个饭。然而事情并不是我想的那样，他们有意让我为难，我何必要委曲求全？好像早就知道我要来收钱，他们早就准备好了。他们给了钱的同时，都推脱说还要去买点东西，就不坐包车了。我也毫不客气，将所有未动的饭菜一一打包。

大哥已经叫来了车，我结了账，当我刚刚踏进车门，服务员却跑出来叫我。

老板语重心长，绕了半天，终于说出叫我的原因。除我们兄弟的那桌外，其余几桌上的小勺子和喝汤的小碗都不见了。老板倒很开明，他说都这样，稍不注意就拿走了。其实值不了几个钱，但我们购置起来还是特麻烦的。

赔了钱，我坐在车上苦笑了下。幸亏是我亲身经历，否则打死我，我也不会相信。实际上谁家都不会缺那一个小勺子或是小碗，实际上他们缺的恰好就是那点小小的心理满足——报复，或者是了结由嫉妒而产生的恨意。到底还是我把话说错了，要不兄弟们都会来的。假如兄弟们来了，还不知会闹出什么事端。患得患失吧，但我不知道在以后漫长的时日里，我将以怎样的心态去面对我的兄弟们，而我的那些兄弟们又将以怎样的目光来看待我。

大哥说，他们都说有事情，来不了。

怕是嫌我订的饭馆不够档次吧。我说。

大哥说，一年也就这么一次，迎合他们不就对了吗？何必给自己找麻烦？

二弟和三弟始终没开口。我知道，由于我的武断，给他俩留下了来年的烦恼。

我说，明年我不会参加了。这样的团拜有何意义呢?

我们对父亲始终是守口如瓶，父亲原本就很反感以这种形式来加深兄弟间的感情。更多的情形刚好相反，情感不但没有加深，怨恨反而滋生蔓延。

大年初三上完坟后，我们都集聚在大哥家。大家坐在一起，除了吃喝，说到的最多的话题就是如何挣钱，如何在村里建个最好最大的房子之类的。

堂叔的儿子最为调皮，张口闭口就是百万千万。实际上在整个家族里，他的境况最不好，但他从来不在口头上服输。一个游手好闲的人似乎永远说不出令人信服的话来。堂叔儿子的高谈阔论果然招来其他人的不满，于来来去去的争吵之中，有三个人都出手了。很少说话的大哥被激怒了。

大哥的话刚落地，就有人开始攻击——你们兄弟都好过了，财大气粗，哪知道别人的难处!

我说，都别争了，过得好不好只有自己知道，过得好不好都是自己的福报。

你没有资格说，别以为工作了就了不起。堂叔的儿子指着我的鼻梁吼道。

堂叔的那个儿子在我的印象中还算不错，可是短短几年就变成这样了。前几年他当村支部书记的时候可谓风光无限，一套西装，大红领带，乌黑贼亮的皮鞋，走在大街上都不愿正眼看我们，村里人私下里都叫他“县长”呢。可好景不长，在扶贫物资和扶贫款的发放上，他起了邪念，最后被人家告发，蹲了整整三年牢狱。钱的确是贪污了，而实际上他并没有给家里购置什么物件，也没有使自己的家庭有所改变。那些用之于民的物资被他便宜处理到了别处，将所贪之钱挥霍无度，更多的是一赌而空。被关进去的那段时间里，大街小巷都在议论他的不是。有人骂他断子绝孙，是因为他套用国家扶贫物资。也有人说几句可怜他的话，是因为人家送了东西，他的确也办了些实事。那段时间堂叔不敢出门，更不敢去众人聚会的地方。众兄弟去看望他的时候，他连话都不说，苍老得如同深秋的芦苇。

堂叔的儿子出来之后事情并没有完结，他家门口天天有人讨账。无奈之下，大哥召集了家族里所有人，共同筹资，先解决眼下的事情。堂叔一天天衰败着，似乎已经支撑不住。而他的儿子将大家筹资的钱拿着之后又不见了人影。后来，大哥好言相劝，让他到砖厂来干，可干不到一月，人又不见了。据说，他宁愿在外面和别人家媳妇勾勾搭搭，也不愿意照顾自己的家。最可悲的是，他放不下让他最为风光的村委支部书记一职，在不同的地点，不同的场合，他会大言不惭地说，他是某某村的书记。我有时候也在想，到底是书记害了他的前程，还是他害了书记的名誉。

奇怪的是吵的几个人吵得不可开交，而其余几个不但没有劝解，反而在旁边煽风点火。大哥终于发怒了，他骂了几句脏话，然后将所有人赶了出去。几十年来，我第一次见大哥如此愤怒，也第一次听那些不堪入耳的话语从他口里出。众兄弟不欢而散，只留下我们四个。三弟默默无闻将地上的碎玻璃一一捡拾起来，然后走了。二弟没说什么，坐了一阵也走了。我和大哥面面相觑，也不知道该说什么。

村庄的变化是随着人的变化而变化的。的确是，村庄一日一日变得富裕起来了，可是人怎么就一日一日变得不如以前了呢？失去了团结，失去了责任，多了浮躁，多了嫉恨，更为奇怪的是在日益变化着的社会环境里，更多的似乎找不到方向，也找不到自我。村庄在日益富裕的面纱之下，实际上只剩空空的躯壳。道德观念和尊老爱幼，以及赡养与责任，已经在大家的意识与视野中淡出，村庄也只是概念上的一个名词而已。

自从在大哥家一闹之后，我几乎不再和他们有联系了，尽管我听到许多咒骂我的言辞。我不会去辩解，也不会去争吵，我只是觉得，生我育我的乡村和爱我恨我的亲人们都走在相互背离的道路上，有点痛心。然而所有这一切谁有能力阻止？谁能真正叛离这个现实！

记得刚工作那几年，我总是给父亲买最好的茶叶，总感觉只要买好东西，心理上就觉得已经尽了孝道。可他总是将那些茶叶完好地存在柜子里，等我归来便沉着脸还给我。后来我听母亲说，父亲不是不习惯喝那些茶，而是因为那些茶太好了。还说好东西最容易令人上瘾，一个东西让人上瘾后，这对过日子却不是件太好的事情。父亲的那些话都是从具体的生活经历中提炼出来的。一切平静而淡然，这让我深深体味到人生的真义。人的一生不要过分强求一些血性和光彩，平淡多好呀！可是生我育我的乡村和爱我恨我的亲人们哪有工夫去细细体味这些生活深意呢？只有钱，才能出人头地的目标追求已经牵着大家，也似乎只有在这个目标追求下，才能耀武扬威地做个顶天立地的人。尽管你有千万个不赞同的理由，但事实往往会让你哑口无言。

父亲的确是老了，我明显感觉到他的言谈举止中少了往昔的批评，而多出了牵念和交代。父亲知道我们兄弟都是从艰难困苦中走过来的，我虽然不能完全洞察他的内心世界，我想他一定会知道我的心思，要不按照父亲的脾气，他绝不会放过我同家族里众兄弟有如此决绝的做法。当然，时代的变化会牵制着人的所作所为，这巨大的、无孔不入的牵制，我的父亲或许永远无法理解。

九

自从团拜一事和家族里的兄弟闹僵之后，我很长时间没回过乡下老家。我开始讨厌莫名其妙的聚会，也对我的村庄多了份不同于以往的冷漠。村里有活动，或者家族里有大事，我都不去，但该随的份子钱却从来没有缺过。

有一天早晨，我接到二弟的电话，说林生回来了，这次一定要将那件事情搞定。二弟跟我提过好多次，就是要将林生的老房子连同田产都买过来。二弟的两个儿子在县城读书，学习成绩并不好。加之近几年大学生就业困难，因而二弟不想让大儿子继续读书了。读与不读都一样，只要睁开眼睛认得字就可以。这是二弟经常挂在嘴边的一句话。也正是因为有了这样的想法，二弟才心急火燎地给我来电话。可那件事情不太好办，一头是兄弟，另一头还是兄弟。提早给后人安顿家园，这是农村的惯例，是父辈们无法绕过去的一件大事情。看着一天天大起来的两个儿子，二弟心急火燎也情有可原。

这件事情我必须要在场，二弟千叮咛万嘱咐。原本我想兄弟间的事情就由他们去，我夹在中间反而不好。但现在看来，我的想法有点单纯了。二弟的心思最明白不过，其目的就是看能不能在价格上压一下。胡林生没有告诉我，二弟如果不给我来电话，我还真不知道他返回家乡的消息。

胡林生落户在遥远的河西的一个叫疏勒河的移民区，想来有十几年了。我们好多年没有见过面，也没有联系过。二弟在电话里催得急，说胡林生住几天就要走。我口边答应着，心里便找各种不回去的理由。我一向反感风言风语，愈是反感偏偏听到的愈多。兄弟们世世代代在那片土地上翻滚，我早就习惯了。听人笑话看人热闹，似乎成了他们唯一的消遣方式。不过我也怕真如村里人传言的那样，那么见到林生之后，我该说些什么呢？因为在七年前，村里就有人遮遮掩掩说林生媳妇在移民区跟别人私奔了。有时候我也想，闲言碎语并非空穴来风。胡林生是村里第一批去疏勒河的移民，他过去两年后把母亲也接了过去。他母亲过去之后，村里的老房子一直闲置着。二弟说，这次胡林生回来就是要将老房子连同田地一同处理掉。这样的消息对二弟来说自然是惊喜无限，因而他一再催促我必须回来。

二弟催促了一周之后，我才回到家乡。二弟显得很不高兴，说我只顾自己，对弟兄们的事情一点都不上心。不要说二弟，就连老父亲都抱怨。我无心坐在家里，应付了一下家人，就去找胡林生了。

胡林生在村里几乎没有亲人了，他的几个本家兄弟我都打问过，都说不曾见到。我又去了他家老房子，老房子门锁着，好多年不住人，房前屋后十分破败，院子如荒野全是茂盛的蒿草，令人心酸的同时又有种说不出的荒凉与惊悸。老人们都说房子长久不住人阴气便会加重，就会有鬼借居。二弟偏偏看中了胡林生的这个老房子，我想原因有两个方面：一是胡林生老房子和我家老房子在同一个巷子，住在同一个巷子自然方便多了；二是胡林生的大多田地在河湾，地势平坦，种植药材之类的作物最好不过。

我返回家的时候，天色已经不早了。父亲和二弟坐在院子里，不说话。二弟见我来了，便从里屋搬出一个小凳子，屁股都没坐稳，他就问我关于胡林生及老房子的事情。我张口就说，都住满了鬼，你却看上了。二弟毫不在乎地说，先买过来再说，已经有好多人盘算着呢，就凭你和他的关系，我想他也不会轻易卖给别人吧？我一直没有开口。二弟似乎看出了我的为难，但他依旧没有停止他的打算，他和父亲商议着说，等买过来，拆掉老房子，然后重新盖一院气派的新房，田地里种上药材，几年之后就回本了。又说，这样的机会十分难得，批一处房屋地非得跑断双腿不可。

胡林生一直没有出现，我也很想见他，曾日出日落并肩在同一个巷子里出入，少说也有三十几年交情了。二弟对儿子失望最为强烈的表现大概就是赶紧盖一院房，接下来就是娶了媳妇让他出门挣钱，分家另起炉灶。对二弟来说，这也是他这一生必须要做的一件大事情，是义务也是责任。

那天夜里，一家人吃完饭之后，再次讨论起关于买胡林生老房子的事情。我在无形中被从这个家里划分了出来，不但二弟客气，就连老父亲也用商量的口吻试探我。我知道，二弟及早为儿子盖房的心事在几年前就有了。家乡的这片土地无比辽阔，而在这片土地上生活着的人们却在日益膨胀的现代社会里心眼变得越来越小了，小得容不下哪怕是别人多吃几顿好饭，弟兄之间更是如此。父辈们想着让弟兄之间住在一起，哪怕再建房屋，都会想方设法弄成房连房。殊不知到了子孙一辈，一切都成了罪恶的根源，血液没有进一步融合，而亲情的分离却加速了。这样的事情就在眼下，就在隔壁巷子。弟兄之间为了车路和水路大打出手，最后成了陌生人。可为什么父亲这次却支持二弟买胡林生的老房子？难道真如他们所言，批一处房屋地非得跑断双腿不可？

我没有更多的话要说，我知道情感与情感之间其实就是一道看不见的警戒线，你不能拿道德去衡量，也不能以金钱去试探。有些事情尤为敏感，无论你站在哪一边，都会留下遗臭万年的骂名。村里像胡林生家那样的老房子有好几处，我也说起了其他人家闲置的老房子，可二弟偏偏铁了心要胡林生家的。二弟劈头盖脸地说，其他人家的都不卖，李福家的卖，可是他家的那个破地方不吉利，谁要谁倒霉。怎么就不吉利了？人家好几辈人不都在那个老房子里过来了吗？我说。二弟看了我一眼说，都绝后了还吉利？我心里咯噔了一下，内心突然之间生出某种无法言明的酸楚与难过。

对李福来说，命运的确有某种不公，但我们也不能因为他命运多舛就冠上绝后的恶毒之语吧。没有和二弟继续拉扯关于买房的事情，我早早就睡了。

父亲在身旁鼾声如雷，我的心却一下子沉了起来。那时候我还在小镇上当老师，某日母亲来电话说李福走了。李福的腿在孩子时代就瘸了，我不愿去回忆几十年前的事。偏偏在今夜，在父亲如山倒的鼾声中我又想起那一幕来。

我八九岁时，村里富裕人家已经有了黑白电视机。晚饭刚吃完，大家便抬起小木凳去看电视。在电视里，我们第一次看见了火车。那时候的农村每家只有一辆拉粪的架子车，每年拉粪的时候我们都喜欢跟随着。这样的时日不长，因为拉粪的时节恰好赶上刚刚开学。或许是太想见火车了吧，一群孩子走在路上都齐声高呼着——咔嚓咔嚓，田间劳动的人都把怪异的目光投向我们。也就是在那时候，我们的心里有了计划，可谁知道它的背后却隐藏着巨大的隐患，以至于李福成了瘸子。

李福、胡林生和我在当时是属于较大的几个孩子。有一天放学路上，我和林生商量好之后对李福说，我们也开一回火车吧。没想到我俩的提议得到了李福的极力赞同，小些的几个更是欢呼雀跃。于是便各怀心事，一边想着如何从家里把车子弄出来，一边想着拥有火车的神气和伟大。吃完饭后，大家便不约而同地聚在一起。恰好父亲早上拉完粪，把车子卸在门外（平常总放在里院，他担心孩子们用尖利的东西在车胎上乱划），我们很顺利地偷走了车子。李福最大，他当司机理所当然了。我们把车子拉到火焰山口，李福双腿蹬地，双手紧紧抓住车辕，我们坐到车上，一起高呼咔嚓咔嚓，车子飞一样冲下火焰山口。

火焰山口的路很陡，人们在路上放了许多石头，以便牲口拉不上去时挡车轮。李福在后面，他看不清前方的路，当我们高兴得快要飞上天时，耳边突然传来一声巨响，车子撞在一块石头上，翻了过来。后来的事我不大清楚了，听父亲说，车辕坏了，李福腿也坏了。记忆中好像有半年多的时间，父亲没有和我说过一句话。

李福在家操劳，林生也是因为各种原因移民去了遥远的疏勒河，而我在一个小镇上当教书匠，这已经是事后二十几年了。接到母亲电话的那天，我给林生也去了电话。我说，李福走了。林生叹了口气，说如果当年不开火车的话他或许不会走，工地上砖砾瓦块很多，他行动不便利……

李福走了，尽管拿到了不菲的一笔赔偿，然而对于年过七旬的李福的母亲而言，纵然有一座金山银山都无济于事了。李福没有结婚，自然没有子嗣。他的母亲在他走后不到两年时间里也离开了人世。那笔钱财的下落不得而知，而李福家那院老房子的使用权却由他们家族里一位堂兄掌管。有一段时间，村里有人为李福家的那院老房子出过很高的价钱，然而并没有真正卖出去，以至于后来大家都说不吉利，因此那院老房一直闲置着，无人问津。

十

整整等了三天，胡林生还是没有露面。但他的确是回来了，二弟给我打电话的那天说他就在村里。前几年胡林生就放出要卖掉老房子和田地的话来，只是他在遥远的移民区，所以老房子一直空放着。这一次回来，听说村里有好几户人家请他去吃饭，可还没轮到二弟他就不见影子了。

这天早晨我对二弟说，等他一来我再回来。二弟只嗯了一声，没有多说半个字。很显然，二弟是因为我的拖沓而怀有怨恨。实际上胡林生的老房子能否卖给二弟，我也没有把握。再说了，我倒希望他们之间不要达成买卖的协议，倒不是我吃里扒外，我只是想着，有些事情一旦牵扯到金钱，性质和意义就会发生改变。也是因为有些事情看起来简单，而我们忽略的恰好是简单当中包含着的无法预料的复杂。这种简单常常会使我们失去判断，也会失去道德层面上的评议，贪小便宜往往使人迷失本性，而落井下石的做法，偏偏就符合众多人们的心理。就这一点，我更是反对二弟买胡林生的老房子。

时间过去了快半个月，二弟没有来电话，胡林生倒是找上门来了。胡林生在我居住的小区门口等我，说实话如果他不先开口叫我，我肯定认不出来他。就算有几分相似，也不会跑过去相认，因为我压根儿不会想到他来找我，因为他当初斩钉截铁地誓言——要和我们几个结拜兄弟断绝关系。那是胡林生即将移民去疏勒河的前几天，我、李福、林生，我们三人在我很小的宿舍里闹腾过两个晚上。从少年时代一起放驴、割草、掏马蜂说起，没完没了，一直到最后三人抱头痛哭。

三人当中数我最小，李福最大。李福从小没有父亲，也没有读书，那时候李福一边和我们玩，一边担当家务。林生比我大三岁，我四年级的时候他已经是初中生了，因而他比我懂得许多渠渠道道的事情。我依然清晰地记得，一次初夏我们一同去割草，半途歇息之时听见河边的灌木丛中有几个女娃娃的嬉笑声。于是我们放下背篓，弓着身，偷看她们到底干什么。当我们看见眼前的一幕时，都吓得不敢出声。原来她们将河边的辣辣秆（一种空心植物，长在灌木丛中，初夏时分粗如手腕）割断放在下面，比赛谁的尿冒得高。三人静静看着，谁都没有出声，一直到她们比赛完，背着割好的草笑呵呵离开河边。

多么优美的抛物线呀——这是胡林生当初的感慨。我不知道什么是抛物线，李福就更不知道了。两年后，当我上了中学，才发现林生的比喻是世界上最贴切的，也是最美丽的。对抛物线的理解和印象至今难以忘怀，大概源于她们通过辣辣秆比赛尿之高远的记忆吧。以至于后来，每见到村里那几个女娃娃我就忍不住哈哈大笑。当然她们也笑我，说我不要脸。其实她们哪儿知道，我笑她们的天真，也笑她们的无耻。

胡林生并不是差学生，可在初中未毕业就远走他乡。没有人逼迫他，按照他自己的说法就是太丢人。林生没有杀人也没有放火，而是偷了村庄人家的一小捆大豆。那户人家揪住不放，后来学校给了林生处分。那段时间，就连我的父亲也天天警告不让我和他来往。胡林生没有告诉我和李福偷大豆的原因和目的，只是当着我和李福的面，将当初三人结拜兄弟时用烟蒂烫在手臂上的疤痕使劲抠，同时流着眼泪，口口声声说不配做兄弟了。

李福在家劳作，林生就那样失学了。三人之间，就我在小镇上教书，算是有一碗可靠的饭。林生失学之后没了踪影，一直到我高中毕业他才回来，他对我和李福说，他在很远的一家砖场搬砖，不想回村里。也不知为什么，从那时候起，我们之间的关系不知不觉就疏远起来了。

算起来，三人唯一的相聚就是胡林生决定移民疏勒河的前几天。林生喝醉之后伤心欲绝，他说以后再也不联系，兄弟之情算是到头了。他说那些话的时候，没有告诉我和李福到底为什么。仅仅是因为他所说的丢人吗？仅仅是因为偷了一小捆大豆就要和我们断绝结拜之情？仅仅是因为李福的瘸而自我歉疚？仅仅是因为我有份工作而让他感觉彼此不在同一条线上？这似乎成了一个秘密，这个秘密藏在心底，谁都没有重新提起过。而当此时林生突然出现在我眼前的时候，我禁不住心里酸了一下，眼泪差点下来了。

那夜林生住在我家，我们之间话少了，而多了莫名的惆怅和叹息。其间我几次想问关于他媳妇的事情，但还是没能开口。林生移民过去之后，只来过村庄一次，那时候他母亲还住在村里。我记得那次和林生坐了一整天，他说一家人都平安，只是河西那边风沙很大，人烟稀少，水很欠缺，丫头也长大了，一年四季除了操劳奔波而外，剩下的只有和家人相依为命了。又说，移民区田地宽广，只要肯吃苦几年之后应该能过上好日子。尽管他那样说，可我依然能看得出他矛盾的心理，毕竟背井离乡，无论心理还是现实总需要一个漫长的接受过程。几杯酒后，林生就落泪了，他哽咽着继续说，疏勒河没有猫头鹰，也不见马蜂，只有长生不老的风日日夜夜刮得人心烦。胡林生和我对坐着，一杯又一杯喝着，我感受到了光阴对人生的改变，也体会到了活着的艰辛与无奈。是什么让我们对生命的存在价值产生了怀疑？“生存”，我不得不想到这个可怕的词。正是因为生存，或是更好地生存，我们才在广阔的世界里寻找适合自己的奋斗道路。

年过完之后林生又走了，而我也回到了学校。村里的传言我再也没有相信过，因为林生说了一家人都平安的话。那么至于说他媳妇和别人私奔的传言又从何而来呢？我自然不便问，甚至多年后的今天，我依然不敢开口。二弟却在电话里说了，林生媳妇的确跟别人走了，丫头也走了，他铁心卖掉老房子是做了永不返乡的打算。林生因为偷豆子而失去了继续读书的机会，丢了媳妇和孩子，更有可能失去了重返家乡的勇气。话又说回来，天下黄土哪儿不能埋人？但我的的确确从林生无论表情还是言语上，都看出了他对老房子和这片土地都做不到彻底割舍的感情。那又是什么令他有了如此决绝的做法。耻辱？罪感？我将一切延伸到我们看得见也看不见的心理深层去。那种别人无法理解的耻辱感将他推入绝境？这又似乎不是心理问题，也难以将它归到生活态度上去。妻子和别人私奔，说到底，他有什么办法？可他不能完全抛弃别人的说道和议论。由耻辱到罪感，他的内心肯定充满了痛苦与自责。也可能是面子问题，妻子与别人私奔，作为一个正常的男人，不要面子、不顾面子、不爱面子、不留面子，好吗？然而这一切终究无法说清。

不过那次见面后，我从和他的谈话中得知，村里的传言是没有根据的。时隔这么多年，我不知道后来的事情，也不知道他在那边的具体生活。村里人对移民过去的几户人家也似乎渐渐淡忘了，那么二弟所说的一切又从何而来呢？

林生看上去没有精神，显得很疲惫，说话也是前言不搭后语。我知道，林生是属于天不怕地不怕的那种人。九岁那年，他就偷过他爷爷的水烟锅，喊我躲到厕所里吸。他还是掏马蜂的高手，我们都怕，就他不怕，马蜂也好像见人行事，老爱追我们，而不敢追林生。有一次，在一段高崖上我发现了一窝马蜂。那段崖很高，谁也爬不上去，更何况马蜂已将那段崖围得严严实实。林生眼珠子骨碌一转，就想出了个办法。下午，我们几个出发了。林生将他家门外驴槽里塞有麦草的背篓偷来，我也准备好了他事前吩咐过的铁丝。到了那段崖前，林生从我手中接过铁丝，绑到背篓上，然后取出一根长绳，把绳拴到铁丝上，最后将背篓里的草点着，慢慢吊下去。那些马蜂可惨了，它们在熊熊大火下一个个从半空跌落而下。等马蜂跌完时，背篓也不见了，攥在我们手中的只是半截冒着青烟的绳。

还有一次，我发现了一窝猫头鹰。遇到这样的事情，我们不能缺林生。那时正值初春，人是不用约的。吃罢早饭后大家便各牵毛驴，一路又喊又叫。到了地点，望着高崖上的老猫头鹰正在喂它的孩子，我们望着也是无可奈何。当众人无计可施的时候，林生却嘿嘿地笑了起来。笑个屁，快想办法。我们都骂林生。小的们，将驴缰绳拿来。但见林生一手叉腰，一手向天边挥去。我们很利索地拿来缰绳，交到他手里。林生将那些缰绳一一绾起来，然后把一头拴到自己腰间，一头递到我们手中，说，牢牢吊住，要用劲。我们谁也不敢接，万一掉下去会死人的。狗日的们真没出息，拿着！林生生气了，我们最怕他生气，他一旦真生气了，以后遇到类似的事情就会没戏。就那样，我们将林生从高崖上慢慢吊下去。到了猫头鹰窝边，林生将手伸进洞穴，抓住了两个小猫头鹰，然后在下边喊，往上吊呀。

一二三——使劲。可林生依旧停留在老地方一动不动。林生在下面越是喊叫，我们越是觉得他沉重了。林生见我们拉不上去，便又喊，慢慢往下放。可我们手中抓的已经是缰绳的尾巴了，然而林生离地面还有一丈多高呢。

一二三——放手。我们终究没能吊住他，只听见嘭的一声，林生被重重摔在地上。等我们跑到崖底时，林生平平展展躺在地上，两个小猫头鹰还被他死死攥着。林生，你没事吧？我们异口同声地问。林生忽地爬起来，双目圆睁，对着我们几个吼了一声——我日你们的先人！说罢又嘭的一声倒了下去。我们谁也没有生气，接二连三嘭嘭嘭倒下去，笑成一团。

十一

往事不堪回首，此刻坐在我对面的胡林生很显然成了位历经沧桑的老人，是什么让一个生龙活虎的青年人提前迈入暮年的门槛呢？几近木讷的胡林生在我没有任何防备的情况下突然说，我成孤家寡人了。不是还有家人吗？我十分不解且小心地问他。母亲前年走了，火化后骨灰埋在黄沙梁上了，她老人家生前不会想到连一口棺材都没有。林生说着便不住叹气。我给他递过一支烟，他猛猛吸了一口，接着又说，媳妇和丫头也离开了。原来一切都是真的。当林生亲口说出一切的时候，我十分震惊。什么时候的事儿？我小心地问他。好几年了。他说，也好，跟着我没有啥前途。我知道她娘俩在哪里，起初杀人的心都有，后来慢慢就释然了。既然她们选择了另一条路，我也无话可说。还好，丫头已经懂事了，我想有一天她会回来的。

同样是走，而走的路却不同。林生面对河西的风沙，经历了生命中我想象不到的艰难。我多么希望光阴能够倒回去，也希望眼前的林生永远像当年一样，一手叉腰，一手挥向天边，高呼小的们，将驴缰绳拿来。然而所有一切已经在时间深处碎成了残片，只留下了苦涩的回忆。同时我也发现，在饱经风霜的林生面前，我的确是一个“小的”。

胡林生说，我这次是断后路来了，就在疏勒河的黄沙梁上陪着母亲吧，因为家乡已经没有了任何牵挂。再说，我也不属于这片土地了，当年移民之时户口都迁了出去。母亲户口在这里，可她老人家已经走了，骨灰埋在黄沙梁上，我有何颜面再回家乡？林生说到这里已经泣不成声。我一边劝慰他，一边说，听说那边条件还可以，就安稳下来吧，一切会好起来的。他说，条件是可以的，不过话说回来，都是因为当年穷，嫌日子过得苦才过去的。政府承诺的房屋、田地、绿化都不错，可心就是安稳不下。当然，移民过去才知道，那边远比这边苦。他停了一下，接着又说，一辈人之后肯定会富裕起来的，我没儿子，媳妇都跟别人走了，想生个儿子的机会都没有了。听着林生的诉说，我彻底无言了。

母亲是移民后的第三个年头跟随过去的。胡林生擦了几把脸，继续给我说，后来我听说家里几亩田地在退耕还林时全种了树木，也听说政府对退耕还林的田地有所补偿，只是那几年到处乱忙，没有顾得回来，这次一回来我就四处打问，才知道一切都是真的，然而母亲已经走了，村里负责人也是换了又换，政府那边也无从查起，跑了几天毫无结果，也只能作罢。

老实人都沉默了，是因为他们不懂无耻之道。我突然冒出这么一句。林生也是叹了口气说，无所谓了，人都留不住，钱有何用！是呀，李福走了，他用自己的生命换来了一笔钱财，可得到的除了他母亲整日以泪洗面的痛苦外，还有什么呢？难得林生如此通达。如果不通达，还能怎么样？这是生活的态度。这真是生活的态度吗？生活为什么总喜欢惩罚沉默的老实人呢？其实很多人都明白，只是不愿去思考这些，那是因为某些事情未曾落到自己头上，因而沾沾自喜，高呼自己是生活的幸运儿。尤其是在农村，这样的心态更为突出。就拿我的二弟来说，他想方设法打听到林生要卖老房子的消息后，并不对他抱有同情，而是想借用我和林生之间的关系，便宜得到人家老房子。

林生后来也说到了他那院老房子，他说村里有许多人盯着，其间也提起了我二弟。我没有任何袒护，不但如此，我还给他说起现在批一院房地的困难。林生不是糊涂人，他应该知道我的意思。可他依然说，钱会完，情永远不完。

几天后林生走了，他说回村里处理妥当一切就回疏勒河。我没有执意挽留，也没有把林生回村的消息告诉二弟。在我家居住的那几天，我也帮他打问过关于他家那几亩地退耕还林的补偿情况。和他查问的一样，根本没有着落。

一月之后的一天中午，林生来了电话，他说老房子连同田地已经处理给我二弟了。我听完之后陷入某种极度不安的忐忑之中。林生、李福和我，我们当年是结拜过的，在具体实在的生活面前我们各自分散，说不上是怀念，还是感恩。总之，一切都在远离着当初的意愿，而一切又都在继续前行。

二弟对我是有意见的，我再次回家的时候他已经大兴土木，为他的大儿子兴建家园。我问过他给了林生多少钱。他只是说，从那么多想得到这院老房子的人手里夺回来不容易，可他对钱只字不提。二弟哪里知道林生所想？哪里晓得我和林生之间没有血缘而胜过血缘的情感呢！二弟得到了林生的那院老房子，还以为是自己的本事。当然他在心底怨恨我，在林生老房子的事情上没有帮忙，这也是人之常情。我不能理解的却是二弟为什么在这件事情上没有给我透露任何消息。

果然，我在家里小住的那几天就听到了村里人的传言。在不尽相同的种种说法里，有一点是肯定的，那就是二弟巧借我和林生的关系，便宜得到那院老房子。亲兄弟一旦有了心计，那是多么可怕的一件事情呀。也是二弟的手段高明，因为我打心底里就没有想到他会那样去做。林生是明白人，二弟既然那样做了，他难道还会转手卖给别人吗？二弟也是瞅准我和林生的这层秘密，在这层秘密的背后，二弟还看到了超越情感的理性。因为，人与人之间的关系和金钱挂上钩，就不得不变得理性化了。

从老家回来，我给林生寄了三千元过去，同时还以二弟的名义给他写了一封信，信中简略地说明了两点：一、老房子原本可以高价卖给别人，但你留给我家，我们感谢不尽；二、这是我的一点心意，希望不要拒绝。

时间过去很久了，林生那边没有任何消息。我不好打问，心想就让一切随缘吧。我们虽然正值青年，然而青年时代的那种洒脱早就不存在了，存在的只是早年那些美好的记忆，是此时此刻满腹的酸涩和无奈。

二弟盖好房子后给我来了电话。不管怎么说，这也是家里的一件喜事。新房盖好后的第三天我回家了。一家人吃完饭后，嘻嘻哈哈围坐一起，二弟更是喜笑颜开，先前对我不冷不热的那种态度早消弭于无形，换之而来的是极不自在的殷勤和夸赞。我突然有了某种预感——这当中一定有故事。等大家入睡后，我拐弯抹角从父亲口中得到了可靠的消息，林生果然将钱退回来了。

第二天我早早起来，给父亲说了一声就回了。

从巷子里走出来的时候，我的眼中溢出了泪水。我想，这片土地大概也是要遗弃我了。到底是它遗弃我，还是我要决定遗弃它呢？一切都不重要，重要的是兄弟之情于天地间能否天涯比邻。重要的是只要我们好好活着，再也不要去陌生的地方独自孤独。

十二

二弟的小儿子终于毕业了。其实我在四年前就预言会是这样的结果，可那时候的二弟不听劝告，反而在内心有所质疑，甚至以为兄弟们因嫉妒而放冷箭。实际上对二弟我还是理解的，一个地道的农民，虽然和大哥一起包过工程，也单独办过养殖场，到最后兴办砖厂，可他始终没有脱离农民的狭隘，也没有改变贪小便宜、见风就是雨的毛病。二弟大概看着同代人之间的孩子都有了前途，想着自己的儿子不但没有找到混饭吃的门路，反而给家庭带来更多的负担，因而产生了怨恨。转移怨恨解决不了实质问题，但对二弟来说，把满腔委屈转移到兄弟们头上，以求心灵之快慰也未尝不可。然而我从父亲口中得知，二弟的心里根本不是我所想的那么简单。

大哥从来不问兄弟家庭间的事，分户居住这么多年来，他和二弟、我以及三弟之间的关系的确有所疏远。大哥的孩子大学毕业后又继续攻读研究生学位，似乎没有太多的后顾之忧，因此他死心塌地经营砖厂。三弟从种庄稼转移到种植药材，最后又回归到种庄稼上。各种增收途径尝试之后的三弟经常这样说，不是土地不养人，而是人对土地做不到信任。可我看得出，三弟并没有彻底死心，羡慕别人乃至跟风的冲动言语却时时挂在嘴边。还好，三弟的两个孩子都很听话，家庭和顺平安。即将迈入不惑之年的二弟在兄弟们之间算是最不安稳的了，倒不是说他有多少坏心眼，在我看来，二弟的瞎折腾和爱慕虚荣已将他推进了无力回身的困境。二弟从不自我反省，也从不换角度想问题，对他而言，怨恨兄弟甚至抱怨父母成了排泄所有不愉快的唯一途径。因而，兄弟之间原本或多或少的罅隙愈加明显。

两年前，二弟想方设法得到胡林生家那院子，并且将大儿子安顿妥当，按理说，他不应该再有非分之想，但事实并非如此，问题的根源就在于胡林生那院子。那时候，他的小儿子在县城读高三，学习差得要命，可花钱从不落人之后。二弟十分恼怒，为此事他曾召集过兄弟们。大哥依旧话很少，或者根本就不愿说他的真实的想法。三弟在孩子们读书的事情上没有太多意见。我建议让孩子上个技校，学点手艺，也不失为一门出路。二弟偏偏在我的建议上持有不满，当面就说我只顾自己，从没把他当兄弟看待。既然他都这么说了，我还有什么可辩解的呢？兄弟永远是兄弟，但兄弟也都有自己的家，何况孩子的事情除了父母之外，谁还能做个当机立断的决定？

高考前夕，二弟的小儿子曾提出不愿参加考试的想法。我想原因只有一个，那就是他自认为学习太差，怕村里人不仅会笑话他，而且还会耻笑整个家族。二弟小儿子的想法自然不会让二弟知道，也没有跟我说，这一切都是老父亲告诉我的，因为那段时间老父亲一直在县城陪读。老父亲没有告诉二弟，就是怕他恨铁不成钢，将所有怒气撒在孩子身上。眼下就要考试了，我自然不便跟二弟提及。一直到后来我才知道，二弟的小儿子看着他哥哥住进新房，也想力求提前介入属于自己的生活，因而有了放弃参加高考的想法，读书的心思也一下进入虚空之中。

村庄里读书的少之又少，大家都说，出门能识几个字就行了，读深读浅没区别，这大概是就业压力直接带给农村的最大影响了。

十几年前，只要从大学出来就会有份工作。再后来，县上采用考试录用制度，凡是专科以上学历均能参加用人单位考试，以至于到今天本科都不行了。自主择业的推行和考试录用制度的名额限制，断送了农村孩子们读书的念想，似乎是看不到发展前景，也体会不到上学的重要性。而对于供读孩子的家长来说，信心越发低落。一句话，那就是读书反而耽误了孩子的前程。

那段时间二弟陷入愁肠百结之中，无心打理日子。我告诉他说，想上大学是不成问题的。二弟不理解，也不明白，听着村里有人家放鞭炮，他就将自己藏在被子下，凡事不闻不问。有一天，失魂落魄的二弟终于等来了他小儿子的录取通知。二弟和村里其他人家一样，要为他的小儿子办一次升学宴。他没有听兄弟们的劝告，一意孤行，并且大张旗鼓。

老父亲早早就来电话，说无论多忙都要回来。我知道，就算天塌下来也要回家给二弟道喜，同时还要准备一份较为厚重的礼物。这样的礼数流传好多年，我追不到它的源头，也无意去想，然而就是因为这些简单的礼数，最容易伤及人心。老父亲提早来电话，虽然没有明说，而我何尝不明白？我们毕竟是亲兄弟，老父亲也是用心良苦。当然了，作为人父，有谁愿意看到骨肉间产生罅隙呢！

升学宴是在二弟新修的院子里举办的。亲戚朋友都来了，村里人也几乎都来了。整个院子里摆放着十几张大桌子，桌子上美食丰盛，二弟满脸笑容，拱手相迎。看着如此浩大的场面，我一下跌落到几十年前的记忆当中。

那时候父亲身体健壮，为我们兄弟几人读书上学，乃至家庭日常生活的开销，他重返牧区，替人放牛，看管牧场。尽管如此，逢年过节的时候全家依然很拮据。记忆中，能吃肉、吃糖的印象几乎没有。那样的年景一直到大哥和二弟没有读书，三弟开始垦荒，我继续读书。并不是父亲的偏见，大哥初中毕业后自己不愿意读，二弟看着大哥做生意，也就此打消了读书的念头，三弟压根儿就不去学校。多亏了兄弟们，否则我也是中途辍学的对象，因为仅凭父亲一人是无法将我供读出来的。那个年代整个村庄都很贫苦，供读一个大学生也属不易。也是因为这点，这么多年来，我无法忘记兄弟们的那份情谊。

和其他人一样，我将事前准备好的两千元交给了二弟。我想，大哥和三弟也是如此吧。

混混乱乱，这场声势浩大的升学宴到太阳完全下落才结束。送完亲戚朋友和村里的几个醉汉时，我已经十分疲惫，可二弟趁着醉意，非要和大家彻夜长谈。其实兄弟几个没什么好谈的，而且我有十足的把握可以断定二弟要说什么。

你说怪不？现在的人怎么就不懂得礼尚往来？不要脸皮。我万万没想到，二弟一开口就是如此刻薄而尖酸的话。

这是说谁呢？今天的场面不是很大吗？我心里想。

二弟继续说，日他妈的，我给他随五百的礼，他却还我二百。在最困难的时候我舍命帮忙，等我有事了却不见人家的影子。

大家都没吭声，也不知道二弟含沙射影是对着谁的。这一切虽然与我无关，但就在此时此刻，我对二弟已经厌恶至极。每个人都有难处，何必为一点小小的事情就动辄大骂出口呢？说到底，二弟还是太看重利益了。

孩子第一次出远门，万事都要小心。我引开了二弟愤怒不止的话题。

不是有你吗？你天南海北都走过，怕啥？二弟反过来问我。

言下之意，孩子上学非得要我去送了。引开二弟的话，我感觉有点引火上身，但我没有后悔的意思。就算我不引开话题，二弟还是会让我去送的。理由有二：一是我在家里算个文化人，不至于半途迷路；二是送孩子上学需要花费，我去就可以给他节省一大笔钱。二弟向来爱占小便宜，在一个锅里吃大的兄弟，这一点我是清楚的。这样也好，就算是我补偿二弟当年供读我的一点点心意。

整整一周时间，从南昌回来后我直接去了老家。这是必须的，二弟急切盼望我回来，他要听我关于送孩子上学的一些汇报，老父亲更是如此。

和办升学宴时相比，二弟判若两人。我还没有走到家门口，远远就看见了他——我的小心眼且爱占便宜的二弟，他穿着一件褪了色的旧夹克，裤腿沾满泥巴，靠墙站立，神情黯然。

这几天一直下雨，水路不利索，巷子里满是水。二弟迎上我，没有问送孩子的事情，却先给我说水路的问题。

我说，等天晴了好好收拾一下吧，水路是大问题。

嗯。二弟答应着，才问我，都顺利吧？

一切都安排好了。我和二弟一边说着话，一边向家走去。

晚上，大哥和三弟也来了。没等我说送孩子去南昌的事情，他们刚坐稳屁股，却又转身走人了。那天晚上，我和父亲住在一起，他老人家给我说了一件令我非常吃惊的事。难怪大哥和三弟不闻不问，难怪二弟如此颓败。

父亲说，当我离开老家去送孩子的第二天，二弟的大儿子就前来和二弟算账。原因很简单，二弟为儿子办升学宴请了许多亲戚朋友，这期间当然也有大儿子媳妇的亲戚。所收彩礼由二弟保管，他自然不高兴了，说他们的人情要他们还，意思很明显，彩礼不能让二弟独自占用。

听完父亲的话，我默默无语。二弟的大儿子那么做，情感上虽然有点出格，但道理上似乎是通的。然而就算二弟愿意，却已经拿不出来了。因为二弟的小儿子被一所三本院校录取，一次收费就高达四万多元。

父亲还说，二弟在他大儿子无情的逼问下号啕大哭。

我理解二弟，也清楚他的难处，可是谁也没有更好的办法替二弟处理家务呀。二弟和儿子之间的关系出现了裂痕，这让整个大家庭都有了某种不祥的前兆。实际上就近几年的乡村而言，这样的问题比比皆是。毕竟发生在自己家里，故而我有更为深刻的想法。人和人之间的亲密关系或许不仅仅由血缘来决定，费孝通先生说："儒家所注重的孝道其实是维护社会安定的手段。"那么一个家庭安定的因素呢？家庭安定的关系与力量表面上看起来的确和权利及礼治有关，但是在权利和礼治的掩盖下，我们恰好忽略了理解与沟通。对一个家庭来说，权利不再是和谐的手段。多少年来，二弟对两个儿子从来都是拳棒相加，他自以为在传统的不可替换的父权权威和礼治的约束下，完全可以将两个儿子调教成为孝子。事实表明，二弟失败了，并不是说传统的父权与礼治丧失殆尽，而是主导现代农村家庭和谐的主要力量已经变成了金钱，父权与礼治只是以道德与品行的面目堂而皇之地存在着。一向自恃高大而特立独行的二弟这次彻底败了，他不是败在自己的要强之下，而是败在了传统的父权权威和礼治的捆绑之下。当然，二弟永远不会明白，"在一个变迁很快的社会，传统的效力是无法保证的"。

面对简单而其实极为复杂的家庭矛盾，兄弟们都无能为力，劝慰似乎有点多余，不闻不问却又显得不近人情，失去了作为兄弟的本分。

十三

二弟失业了。理应不是这样，但二弟还是选择了这条路。大哥在这件事情上同样没有表态。

当年大哥兴办砖厂的时候问过我好几次，当然也问过三弟，我和三弟都没有入股参与。二弟是因为在大棚育牛上连年受挫，不再考虑养殖的生意，于是便跟随了大哥。这么多年来，尽管或多或少有摩擦，也不至于割席而坐，可二弟在大哥面前突然提出要分股，这让大哥无法理解。如果二弟将属于他的股份转让给别人倒也可行，但时下却难以找到那么合适的人。如果有那样的人，甩给大哥的就是资金与关系之间的重组，这一切都不是简单的事呀。可二弟已经铁心了，不铁心又能怎么样？孩子每年都要四万多的学费。我们都知道，砖厂的经营面子上看起来光彩，而实际真拿不出那么多现钱，这大概也是大哥十分为难的地方。大哥的社会关系广阔而复杂，面对二弟的突然退股，他虽然不大说话，可我们看得出，他眉间多出了皱纹，鬓间也增添了不少白发。三个多月之后，大哥和二弟才算清了一切。二弟拿着属于自己的那份后，彻底解甲归田了。

二弟从大哥的砖厂退出股份后，他将所得之钱分成三份，两个儿子各一份，自己留一份。同时，他还从已经分好的三份里按比例抽取了一小部分，那部分是用来供小儿子读书的。听父亲说，二弟将那份钱给了大儿子后，再也没有去过大儿子的新院子。属于小儿子的那份二弟先保管着，电话一来，他就去县城汇款。

这样的日子一直持续到二弟小儿子毕业的前夕。

这天，二弟给我来了电话，没有过多寒暄，开门见山就问我，实习是不是要很多钱？我挂了电话，直接问了学校。学校的说法和二弟的说法差别很大。学校说，因为专业的要求，这批毕业生都要到安徽一家工厂去实习，具体是去做手机屏幕，是有工资的。当我把这话转达给二弟时，二弟一声不响就挂了电话。

孩子在外面很容易学坏的。老父亲曾经说过这样的话。我不敢保证二弟的孩子是否真的学坏，但出门在外身上不能没有钱。可我听说二弟就此给儿子打电话，言语不堪入耳。

孩子的心让他伤透了。老父亲同样告诉我这样的话。我不知道该怎么去劝慰二弟，总之，他们父子之间已经有了隔阂，甚至萌生了怨恨。当然不仅仅是为这一次，二弟每次汇款时总要在电话里骂上一阵。其实二弟的心肠是好的，无非是担心孩子学坏。一个农村的老粗人，不会旁敲侧击，也不会谆谆教导，剩下的也只有骂了。然而这样的交流方式对从未涉足社会的孩子而言，自然接受不了，那种反叛，乃至背叛的情绪滋生蔓延不足为怪。他们父子之间缺乏沟通？他们父子之间永远无法沟通。

二弟自从和大哥分股之后，就一直待在家里。坐吃山空的道理他不是不明白，加之大儿子渐渐远离了他，这一切让二弟对现实有所失望，以至对亲情都产生了不明不白的质疑。

毕业整整一年了，二弟的小儿子一直没见影子。其间只来过一次，是参加县上的大学生村官统一招考。村干部招考录取率十分有限，考试落榜后他就离家出走了。我当初曾提议过让他上技校，学一门手艺，起码还不至于成现在这个样子。就是因为我这句话，二弟曾在父亲面前骂过我，说我不怀好心，还说不操心跑个好学校，硬是怂恿娃娃学个打工的。二弟哪里明白，在尘世上活着何处不是打工呢！

村庄里读书的孩子愈来愈少了，初中一毕业都各找门路。除了就业门路的狭窄之外，其实与人们的观念和实际情况有很大的关系。因为大家都在讨论同一个话题，各自算着同一本账，那就是供孩子读书的所有费用差不多能娶一个媳妇了。从这件事情上，我也看到了教育体制的变化对我国各个社会层面家庭所带来的不同程度的影响，尤其是对农村家庭，其影响至深至远。也可以说，教育的投入是蕴藏着风险的。如果一个家庭没有足够的能力来承担可能出现的风险，那么这种教育收益实现的不确定性，将迫使这个家庭做出放弃教育的选择。

书算是白读了，到头来不但荒废了自己，还连累了家人。二弟逢人就这样说的同时，便又四下打听合适人家的姑娘。按照他的话说，儿子不管怎么不争气，始终是要给安顿一个家的。兄弟们也帮忙张罗，当然也仅仅是张罗，具体行动和主张还是要靠二弟自己。

晃荡了一年之后，二弟的小儿子回来了。孩子瘦多了，然而却时髦多了，言谈举止和他的身板全然不搭配。村里人说长道短，传到一家人耳中的除了伤心之外，剩下便是陆陆续续和不同人家结下无法说清的怨恨。二弟的表现极其强烈，他除了咒骂别人，就是不允许儿子在他眼前出现。愈是这样，他儿子愈是不言不语。也可以想象，孩子四年时间几乎在大城市生活，突然返回乡里，首先心理上无法接受，之后便是天马行空般估算自己的未来，严重忽视现实的残酷性，后果就是无法和家人在同一个平面上商量事情。我还知道，孩子的心气很高，看过好几个姑娘，都不愿意。其实他是找借口不想回农村，可他没有在城市打拼的勇气和资本。现实就在眼前，不得不接受，也不得不面对。在大家的努力劝说下，孩子总算向命运低头了。而摆在二弟面前的却是另一件十分为难的事情——巨额彩礼。

二弟为儿子娶亲的日子越来越近了，可那份巨额彩礼依旧没有着落。大哥的境况大大不如以前，三弟守着一亩三分田，的确也是心有余而力不足。二弟的大儿子始终没有表态，他拿出决意要和这个家划清界限的姿态，这让二弟越发感到世态炎凉。就在全家人无计可施的时候，老父亲拿出了素日积攒的部分钱。他说，这些都是你们平日给的，老了，也没处花，先急用，办完大事再说吧。老父亲的举动令兄弟们羞愧不已，就在几天时间里，大哥和三弟都不同程度拿出了点，我也是托人将住房公积金的存款取出大半。

二弟的小儿子顺利完婚，二弟算是彻底放心了。兄弟们各尽本分，在村里没有落下令人耻笑的把柄，反而赢得了村人不同程度的夸赞。可就在大家各自回归原来生活的状态的时候，老父亲突然召集我们兄弟要开家长会。我记忆当中，家庭会是多么遥远的一件事。不知道父亲要对我们兄弟说些什么，但我依旧按时回家了。父亲虽然老了，而他的威严依然不减当年。饭后，大家坐在一起，说笑期间老父亲突然发话，他对二弟说，你们都各自有家，再说兄弟不像父母，欠一份就是一份的人情，要还。大家都沉默了。父亲接着又说，供读一个孩子不容易，都尽了义务，至于后来的事情就看各自的福报，没必要把怨恨压在心底。人一辈子要经历很多苦难，比起大街上讨饭的命苦人，你们还有啥抱怨！听完父亲的话，兄弟几个都涨红了脸。的确也是，可我们每个人身体里都有一种可怕的甚至罔顾法纪的欲望，那就是要活得比别人更好，这份好源自何处呢？“与战胜敌人的人相比，战胜欲望的人更加勇敢。”可谁能彻底战胜自己呢！

二弟要出门了，我想二弟是牢牢记住了父亲的话，他再也无法安心坐在家里。生活似乎回归了最初的暂时的安定之中。时间分分秒秒从未停歇，兄弟之间过往的不快和纠结也慢慢地愈合着。安定团结，对一个大家庭而言，或许才是长治久安的根本。

大哥群策群力，总想出人头地。二弟出门在外，也是为了日子的安稳。三弟守着田地，已经疲于进取。我亦混迹文案之间，却也头顶稀疏了。这天，我接到二弟打来的电话，心里突然温暖起来。电话里和二弟说了很多，其间二弟还提起了欠兄弟们钱的事儿。我告诉他说，兄弟的情要还，但我的那份你不用还，是我当年欠你的。说这话的时候我没有考虑，因为我知道，只有这样“兄弟”才是一个很温暖的词，那种血浓于水的情感才会在时间里保持久远。

二弟沉默了好长一阵，然后挂了电话。我不知道二弟怎么想，就在挂电话的瞬间，我已心如刀绞。这一世做兄弟，大概是前世的缘分，而镶嵌在这缘分之中的恩恩怨怨其实没有必要去细究。可话又说回来，如果不去细究，大概也就没有人世间所谓的恩怨了。大家都在尘世中滚爬，又何尝不被这些看见或看不见的恩怨所拖累！

十四

大哥突然来电话，说家中要出大事了，让我赶紧回来一趟。其实我知道，这一天迟早会来的，所以当我接到大哥电话的时候，并没有吃惊。虽然兄弟们都有各自的担当，但父亲健在，因而整个大家庭的事情谁也不敢置之不理，所以我必须要按期回乡下老家去。

五年前，二弟的小儿子考上大学，毕业之后一直未曾就业，兄弟们张罗着给娶了媳妇，可谁能想到，正是因为当初的那个张罗埋下了今日的危机。那件事情说起来话长，也是当年二弟没有参考我的意见，觉得孩子上个大学就有一条生活的门路，或者他觉得孩子一上大学自己在村里就有面子了。现在想起来，我也理解二弟，他为了供读孩子，几乎用尽了一生积蓄。为此他的两个儿子也闹得很不愉快，表面上一团和气，私底下却是磨刀霍霍。二弟保持着他惯有的坚强和好面子，口头永不服输，可我看得出，二弟已经是山穷水尽了。

二弟小儿子对当初的婚姻是有点儿不太愿意，但也没有明显的抵触情绪。结婚以后，孩子变化很大，他不再和二弟对着干，他们父子之间的矛盾也消退了不少，全家人看在眼里，倒也放心了。可为什么好多次二弟要提出和小儿子分家？还说眼不见心不烦。然而一切都让兄弟们劝阻住了。二弟有两个生龙活虎的儿子，一旦独自居住，难免会受到村人的嘲笑。二弟提出和小儿子分户居住，自有道理，可他没有对兄弟们挑明说，他将所有烦恼积压在内心，郁郁寡欢。短短时间内，人也苍老得不像样子了，当他和父亲并排坐在阳光下，除了兄弟们，外人几乎不可辨了。看来二弟的两个儿子使二弟彻底倒下了，他已经丧失早年那种拼搏的勇气和信心了。

大哥的砖厂越来越不景气，实际上大哥也已经感觉到力不从心，然而一时难以放手。二弟当年因供读小儿子，在迫不得已的情况下和大哥分股。我不知道有没有给大哥带来实质性的影响，而对他自己来说的确是渡过了难关。那可能是二弟全部的积蓄了，我记得他当时说过，所有资产分成三份，两个儿子各一份，他自己一份。他大儿子因为在二弟供读小儿子的事情上持有意见，因而一直对二弟不冷不热。小儿子上学花掉很多，到头来两手空空，再加之说亲娶亲，二弟留在手头的那份大概也所剩无几了。

二弟性情大变，源于他小儿子的婚变。二弟的小儿子是大学生不错，但他经历不多的生命中却有过高低频繁的起伏，从农牧区到城市，再到农牧区，他渴望的那种生活未能实现，反而落入虚空之中。我猜想，在婚事上他有反抗之意，心底却又不忍，或是不敢，毕竟供读他的时候家里花了过多的费用。二弟为他小儿子娶媳妇也是某种职责所在，所娶之女无论家道、人品还是相貌，都十分不错。父母之命，媒妁之言，所以受人攻击并不是这些方式不好，而是从这方式里所得到的结果不好。现在看来的确如此。天下父母哪有存心将儿女推入火坑之说？为儿女择偶是父母的责任和义务，按门当户对的标准为儿女择偶，无外乎就是为了保证他们将来过得平安幸福。然而问题就在于——媒妁之言，父母之命。因为社会的不断进步，两代人之间已经有了很大的隔阂，于是，父母自以为十分准确的判断却很难迎合下一代人的情感世界，父母之命的结果在婚姻中则体现为新的家庭矛盾层出不穷，甚至决裂。

在处理情感问题方面，传统的以长期经验树立起来的权威，遭到了现代生活以短暂经历为基础的体验的挑战。城市在物质上已足够现代化，甚至步入后现代，农村则现代化得不足。农村人进入城市生活，无论进城务工还是读书，都是个人急剧现代化的过程，其间观念的挑战和冲击很大。二弟小儿子就是最好的例子。二弟小儿子与家人及妻子之间的和顺关系只是表面的体现。就在二弟盼望着抱孙子的时候，潜伏着的隐患渐渐显露了出来。和村里惯于浪荡的年轻人的表现相似，二弟的小儿子起初也是夜不归宿、花天酒地。这样的表现势必会引起家庭的不和，首先是二弟看不惯，之后便是骂骂咧咧。在二弟面前，他的小儿子又重复了刚毕业时的那种状态——既不说话，也不抵抗。这种沉默式的抵抗有一天终于波及小两口头上，争吵、谩骂、打闹，接而继续沉默，之后陷入冷战。二弟十分恼怒，儿子毕竟结婚了，有些事情不好一一去盘问。但他明白，这样的结果不但会让家庭陷入窘迫之中，而且有可能导致另一个家庭的破裂。我想，这大概就是二弟三番五次提出要和小儿子分开居住的原因和目的。

大哥和三弟总是比我聪明，对于二弟的家庭矛盾他们往往避重就轻，或干脆装作不知道。也是因为二弟小儿子在我跟前还能说几句实话，所以对二弟家庭问题我的关注自然就多了点。其实二弟小儿子也不是诚心让家人受气，他说，他只是想到外面去闯荡，他的希望并没有彻底破灭。或借口，抑或早年一如死灰的雄心再度兴起？至于他内心真实的想法我怎么会知道呢？我知道的是，他再也听不进我的好言相劝，哪怕只言片语。和他不多的谈话中，他除了说和现在的这个媳妇无话可说之外，却也没有说出逃离的理由来。

和我猜想的没有太大的出入，二弟的小儿子对我说，因为上学花了很多钱，总觉得亏欠父母太多。原想结婚之后草草了此一生，可是谁想人生如此漫长。漫长的一生当中和一个没有丝毫感情且无法谈得来的人过一辈子，那不就是生不如死吗？二弟小儿子的话说得倒是很诚恳，我也承认，现在的年轻人在婚姻上的要求远远不止于过日子那么简单，他们不但要在情感上获得满足，而且还要在人格和心灵上取得相互的慰藉。然而在这样的要求下去择偶，就农牧区的实际情况来说，是极为困难的。原因很简单，具有相同文化和兴趣爱好者只是个数。撇开这些不说，其实我在想，一旦二弟小儿子婚事以失败告终，二弟可能就再无法尽他的那份责任了。

二弟自从小儿子上大学后就戒酒了，可他现在又开始喝酒了。大哥来电话的次数也渐渐密了起来。大哥原本就拖拉，几句能说清的话总要缠绕半天。当然了，无论他怎么缠绕，他想说的意思我再清楚不过了。简而言之，就是二弟变了。变成坏人了？喝酒也不能说明是一个人变坏的开始吧。几个月之后，我才真正明白，二弟不但喝酒，而且还参与赌博。

我躺在家中，开始梳理这么多年来发生在兄弟间的种种恩恩怨怨，最后才落在二弟小儿子给我所说的话当中。滤尽其他成分，二弟小儿子所说的话大概也就一句——日子过不下去。再具体一点说，就是要离婚。二弟和他小儿子肯定没有深刻地交谈过，从小严加管教，如今这样的结果二弟是难以接受的。再娶一房媳妇，断然会要二弟的命。可是靠赌博能发家吗？靠赌博能给儿子再次娶媳妇？二弟不是那样的人，他一向十分精细，而事实并非如此。遇到难以跨越的门槛就令他抬不起脚？还是现实的残酷无情让他变成了傻子？

我再次回到老家，依然见不到二弟的影子。听家人说，二弟的小儿子和二弟正好相反——白天睡觉，晚上出门。眼看家道衰落，兄弟们虽然各自尽了本分，却依然唤不回二弟父子的回头。父子之间没有了任何情感，也就缺少了相互间的痛惜与爱恋，就和路人没有什么区别了。老父亲也不再吆喝开家庭会，他早年的威严也在岁月的磨洗中变得慈蔼无限，给我来电话时，也听不见昔日的雷厉风行，只是自责、哀叹，或咒骂我们兄弟几个。

这年秋天，二弟的小儿子终于和大家一致看好的那个女子离婚了。铁定的事实面前，大家只有嘘唏。那天，二弟是醉着的，时哭时笑，喜怒无常，等一觉之后，除了黑了一圈的胡须之外，仅剩无奈和叹息了。

十五

二弟的赌瘾不但没有减弱，反而加重。好几次他在电话里直接说，没有钱，电话都停机了……还说下次回来时多带几包烟给他。这是我的二弟吗？记忆中的二弟虽然争强好胜，爱贪小便宜，却十分好面子。他这样开诚布公倒是很符合兄弟间的情谊，却不太符合生活的规律和个体生命在生活中的价值体现。

二弟不见影子，他的大儿子对此却是漠不关心，大家看在眼里，却又不愿去多说。“骨肉之间，多一分浑厚，便多一分亲情，是非上不必太明。”话是黄宗羲说的，也不乏武断。这年春节，大家聚在一起，我却感到了不自在。就当时那种氛围，再联系这些年所经历的许多事件，我发现事实并不是那样，兄弟之间缺少的恰好是亲情的浑厚，而多出的却是是非上的判断和利益之间的权衡。“任何对于中国问题的讨论总难免流于空泛和偏执。”兄弟间的问题的讨论就不仅仅是理论上的空泛和偏执，更多的则是现实生活中的利益关系，是所处环境和不同想法之间的对峙。当然我们坐在一起，是有意回避这些话题的。尽管如此，那种不自在，甚至别扭的表现还是捉襟见肘了。二弟尤为如此，没有到焚香祭祖的时辰，他就借口回自己家了。

家是人们精神存在的载体，是有具体的生命意义的。家不仅是物质的体现，更多的是精神与礼仪的核心。二弟急于回家，何尝不是对精神与生命的慰藉与唤醒？那么，素日的二弟真就没有生命意识与精神慰藉了？二弟就是携带躯壳而奔突的流浪者？我不愿这么想，然而他的所作所为又何尝不是如此！孝道的意义不在于如何遵从老人，而是如何以共同的血脉来维护家庭的和睦和礼仪所代表的权利地位，一句话，就是团结。面对不听话的两个儿子，二弟大概感觉到那种和睦与礼仪所代表的权利地位早就不存在了，因此，他才对眼下的生活有所失望。对自身的存在价值有了质疑，那么接下来就是对为什么活，为什么活得如此累，甚至为什么如此不公平等等的质问。二弟一步步陷入罪恶的深渊，以至于无力回头，可兄弟们还能为此做些什么？

出门也好，坐在家里都是气筒。第二年清明期间父亲对我说，二弟小儿子出门打工去了，临走前从他这拿了一千块钱路费。二弟已经对此毫无感觉了，他只是沉浸于一夜暴富的幻想之中。

大哥的交际很杂，也很广，听到和见到的远远多于我们，但就有关二弟的事情却有意隐瞒着。这天，我接完大哥电话就匆忙回家了。刚走到巷口，就看见一群人围在一起，三弟举着铁锨，护着坐在门槛上号啕大哭的二弟媳妇，家族里其他兄弟们也是虎视眈眈，高声对嚷着。起因很简单，二弟欠了人家赌债，由于无力偿还，人家前来拆房。赌债实际是某种意义上的高利贷，没有法律效力，何况对方亦无字据，且看着我们人多势众，纠缠了一阵也就各自散去了。而债主上门拆房，却留给村人一个永久的笑谈。

二弟离开了家，离开了村庄，他几乎连老人都不在乎了。二弟绝不是那种无情的人，他要强，好面子，从双脚踏入那个“行道”起，他应该想到挖墙拆房是迟早的事儿，可怎么就收不住？难道真的让一夜暴富的美梦糊住心门了吗？有家不能回，有舍不敢入，兄弟们从最初的恨到如今的怨，渐而到遗忘他。除了那股相同的热血之外，没有了疼爱，没有了悲怜，于情于理都说不过去，但事实如此。

这天，我突然接到二弟小儿子从上海打来的电话，拐弯抹角唠叨了很长一阵，最后才落到实处——他说他谈了女朋友，想带到家里来。

我沉默了。有女朋友是好事情，但也是个问题，这个问题并不是鼓掌就能通过那么简单。就眼下情况而言，二弟还有能力吗？接完电话，我就此事跟大哥一五一十复述了一遍，奇怪的是大哥一声没吭。我又给三弟说了一遍，三弟沉默许久才吐了三个字——随他吧。之后我也在想，有二弟在，我这样忙于张罗是否合适。而且这样的张罗是不能解决问题的，解决问题的办法除了钱，还能有什么？我突然明白了大哥的缄默和三弟的无所谓。

几个星期过后，老父亲的电话来了，他让我回家一趟。虽然没有说要干什么，而我何尝不明白要干什么呢！父亲老了，话语吞吞吐吐，少了当年的利索，但这次却多了不同于以往的严肃。父亲说，你们都是长辈，事情终归要解决。毕竟是亲兄弟，你们都不管了还能指望谁？二弟不在场，大哥、我、三弟，我们认真听父亲的训导。说实话，事情肯定要解决，但在解决的方式上我们始终无法达成统一。父亲又说，等我死了，就啥也看不见了。不死，我就要看你们的笑话。父亲的话很有分量，同时无形中也给我们带来不可推卸的责任和压力。

这年冬天，在父亲的召集下，兄弟们再次坐在一起，商量如何解决二弟小儿子的事情。我好不容易才见到二弟。人不人鬼不鬼，我的二弟已经完全丧失了作为人而该有的那种耻辱感。二弟小儿子在外地找了女朋友的事情起初还是有余地的，可现在却毫无退路了，因为他已将身怀六甲的她带回了家。兄弟们由心平气和的商议渐渐变成气冲牛斗的争吵，再到最后的不欢而散，可依旧没有拿出切实可行的办法来。

春节过后，二弟喜得孙子，可全家人怎么也欢喜不起来。事已至此，我们只好按习俗行事。二弟小儿子带来的那女子并不是外地人，而是离这三十余里宋家庄的。那女子的父亲是粗人，人人都叫他“莽张飞”，说白了，就是个玩命的“匠人”。我们央人去说事，都让他骂了回来，三番五次都是如此。后来老父亲又央求了村里几个老人，虽然没有被骂回来，但那“莽张飞”说，他的脸全丢尽了，就当没养过，拿三十五万过来，算是卖给你家。话都说到这个份上，就没有必要继续纠缠下去。可钱从哪儿来？全家人再次聚会，兄弟们三言两语各自发表意见，而说到钱，所有言语便戛然而止。二弟在整个事件当中完全像木头人，无论兄弟们怎么抱怨、怀恨，甚至用恶毒的语言去骂，他既没有任何反抗，也不表达任何意见，依然没有从局外人的身份转入到眼下的事件上来。

接连商议好几天，大家都感到有点儿疲惫了，也是因为谁都没有贸然提出拿多少钱的话来。一月之后，烦恼落到了大哥头上。我没有想到二弟那样去想，甚至非得要那样去做。

大哥给我说起好多年前分田地的事情来。分田地的事我知道，田地当初是父亲当着兄弟们面分的，都没有怨言。现在二弟却翻出陈年旧账，说当初分给大哥的那几亩地让大哥有了意外的收获，但他不能独吞。事情已经过去十几年了，二弟就分地一事旧话重提，而且说得头头是道，说祖先承包了国家的田地，还说大哥实际上就是承包祖先的田地之歪理。二弟之所以强词夺理，说白了就是想让大哥拿钱给他。大哥愁眉不展，将事情原原本本告诉了我，我也不知道该生气还是该安慰，该生谁的气，而又该去安慰谁？

兄弟们又一次聚首，是因为事情已经到了必须立刻要解决的地步。那女子的父亲放出话来，说再不拿钱过来他就先剁死女儿，然后再捅死二弟的小儿子，更玄乎的是有人恰好遇见他拿着砍刀在村口转悠。

那天大家都没有争吵。实际上我提早就和大哥商量好了，大哥也同意拿出十五万。当然，我也是给大哥做了担保，必须签字画押，杜绝二弟以后再在田地一事上纠缠。那天，我们把二弟的大儿子也叫来了。开头的话还是父亲说的，父亲说，你们都在，没必要遮掩，能拿多少就多少。他说着就先拿出了一万，又说，这是我所有的养老保险金。大哥也是自告奋勇，他说，我拿十五万。大哥说完之后，不住看着我。我知道该轮到我说话了。我说，我凑八万，三弟必须拿六万。之后我又指着二弟的大儿子说，你要拿两万。三弟听完之后一声不响就走出了院子，二弟的大儿子欲要反驳，却被我冰凉的眼神生生挡了回去。

事情总算有了眉目，尽管都不情愿，但钱却在三五天内都凑齐了。当兄弟们把钱交到我手里的时候，我也将二弟摁了手印的纸条交给了大哥和三弟。纸条是我拟写的，内容很简单，其意为：二弟所欠赌债与兄弟们无关，遇到挖墙拆房之事由二弟自行解决、担当，以后无论有多大困难，兄弟们只能给予精神鼓舞，免谈经济资助，等等。

对我而言，八万元虽然不是太多，但也确实不少。八万元缓解了一个家庭的所有危机，然而留给我的却是长达数月和妻子的唇枪舌剑。后来我也想通了，哪个女人不想当掌柜？不想掌权？甚至当掌门人？我背着妻子拿走八万，怎么就不允许人家闹腾一番呢？说到底，"兄弟"依然是个温暖的词，也是因为那股相同的热血提醒着我们，事情必须那样才能解决。三弟当时一声不响走出院子，他何尝没有难处？再说三弟又添了一个女儿，他用钱的地方比我们都要多。

大家都说，人与人之间的交往就是信任的交往。实际上，单靠信任维持相互间的权利与义务的年代早就过去了。亲兄弟明算账，说的不就是这个道理吗？明算账，才可以保证人与人之间的情感与信任的平衡。我们兄弟间的账目很明晰，所欠所得一目了然，然而这笔再也明白不过的账目却带给了我深深的孤独。当我再次返回乡下老家时，大哥竟然也有些陌生了。三弟也是，而三弟媳妇对我更是恨之入骨，她见我进门，就故意指着扫帚之类的物件乱骂一通。父亲也低下了头，没有了昔日的精神，也不再唠叨过往，唯有三弟的不满四岁的女儿在我身边喋喋不休，亲密无间。除此之外，我再也感受不到家给予我的任何温暖了。

2016.10 通钦街

2018.01 当周街

做珠记

一

魏文海是我高中同学，他母亲是本地藏族，父亲是外地汉人，在黄河首曲客居，几年之后，便去草原放牧了。魏文海高中毕业以后，就和当地一牧民搭伙贩皮子，后来又听说在黄河沿岸的欧拉秀玛草原拉铁丝围栏，再后来就没有听到过关于他的任何消息。据说在生意上翻了船，也不知是真是假。

这天，我刚走出小区大门，老远就看见了他——矮墩子魏文海（因为他个头小，而且长得瓷实，曾经在大象拔河等运动项目中，给班级带来过好多荣誉。上学的时候，大家都叫他矮墩子，他也不生气），我一眼就认出了他。二十多年了，他依然保持着学生时代的那副“架子”。如果真要说有变化，那就是唇边留了两绺胡须，多了沧桑，少了稚嫩。在小区门口，他自然也是认出了我。没有多年未见的那种激动和热情，他硬是把我拉到一边，压低声音，说，哥们儿，有几串小叶紫檀的佛珠，便宜给你，怎么样？

小叶紫檀的佛珠？这家伙总是不能消停，啥时候又开始捣腾佛珠了？

我笑了笑，说，算了吧。说说这些年在哪儿晃悠呢？不贩皮子了？

怎么说话呀？那都是何年何月的事儿了。他不接我话茬，白了我一眼，接着又说，佛珠是好东西，正宗的小叶紫檀，印度货。贴肉戴着，一则促进血液循环，二则消灾免难。

说实话，我还真看不起魏文海。老大不小了，怎么就没有个正经呢？人们总是说，骗子的话受人听，但是，怎么就断定人家是骗子呢？他见我犹豫不决，就继续滔滔不绝地说，帝王之木呀哥们儿，你不知道，来历可曲折了。如果不正宗，我也不会给你的嘛。

你怎么知道我在这儿？我笑了笑，又说，是不是专门来坑我？

说句人话行不行？他似乎有点生气了，谁愿意专门来坑你，这不恰好遇见了嘛。

拿来看看。总不能伤老同学面子，这次我也是一本正经。

魏文海左右看了看，然后从挎在肩上的包里拿出一个不大的布袋，取出一串深紫色佛珠来。

我一把夺了过来，说，贩大烟呀，这么神秘？

比大烟还贵。魏文海说，只有这几串了，一般人我真舍不得。

那几串佛珠的确不错，当然我是以一个外行人的眼光看的。佛珠足有两厘米大，光滑而细腻，红棕色里隐约有金子般的光点，靠近鼻子一闻，淡淡的香味沁人心脾。的确是好东西。我在心里随之也感叹了句。

怎么样？他从我的眼神中似乎看出了什么，而急于想要得到结论。

太一般了。我当然要装出行家的样子来。

这还一般？他也是故作吃惊。

几十块？我笑着问。

算了吧哥们儿，你不是要这串珠子的主。他生气地从我手里夺了过去，并且说，空了到河沿路瞅瞅去，那儿才是几十块的。

河沿路上也有？

哦。他迟疑了一下，显然是对自己的信口开河有点懊悔，然后又说，都是假货，正宗的谁还摆在那儿呢。

正宗的怎么就不能摆在那儿了？估计你这和那都是一路货。我说。

这次他没有生气，反而笑了。他说，好吧，那你去那儿看。看在哥们儿的分上，这串两千给你，盘上两年，就不是这个价了。

盘？这个是我第一次听。

他是走江湖的，当然从一举一动里早就洞穿了我的心思。你不是行家吗？盘珠总该懂吧。说完便露出狡黠的笑容。

你收好吧，两千元我准备换个新电视呢。我说完就匆匆离开了。不是我小气，当然更不是不念旧情，因为我觉得魏文海早就不是我记忆中的魏文海，而是一个痞气十足的江湖骗子。

喂——他见我匆匆离开，便又追赶上来，拦住我，咱哥们儿不说废话，今天遇到你了，就便宜给你，一千总该可以吧？

我真不想和他纠缠，可他跟在身后，叨叨不停，一直到通钦街，根本没有停下来的意思。

一百，拿来。我伸出手，愠怒地说。

拿去，算是干桩好事。他将一串佛珠扔到我手里。我真后悔了，没想到这家伙果然是专门来坑我的。给了魏文海一百元后，只身去了单位。整整一下午，心里乱糟糟的。一百元不算多，就算多，也抵不上凭空而来的烦恼多。如果这么去想，那倒是花钱买了烦恼，何苦呀。

佛珠是弘法最为方便的法器。使用佛珠时，自然不能过分地计较它的质料。只要能做到“静虑离妄念，持珠当心上”，也就可以早证菩提、成就涅槃了。但是，这样的境界则需要多少时日的修行？大凡红尘众生，谁不为油盐酱醋而操心？就算有那颗修行的意念，也估计早被生活中密密麻麻的数字搅和得七零八落了。

尽管如此，回到家之后，我还是忍不住翻找了相关资料。

> 小叶紫檀为蝶形花科、紫檀属，密度大棕眼小是其显著的特点，且木性非常稳定，不易变形开裂。多产于热带、亚热带原始森林，以印度迈索尔邦地区、缅甸地区所出产的紫檀最优。其质地坚硬，色泽从深黑到红棕，变幻多样，纹理细密。紫檀有许多种类，生长速度缓慢，五年才一年轮，要八百年以上才能成材，硬度为木材之首，系称“帝王之木”，非一般木材所能比……

中国古代认识和使用紫檀木始于东汉末期。晋·崔豹《古今注》有记载，时称“紫檀木，出扶南，色紫，亦谓之紫檀”。在明代，此木为皇家所重视，开始大规模采伐。清朝中期，由于紫檀木紧缺，皇家还不时从私商手中高价收购。清中期以后，各地私商囤积的木料也全部被收买净尽，这些木料中，为装饰圆明园和宫内太上皇宫殿，用去一大批。同治、光绪大婚和慈禧六十大寿过后已所剩无几。至袁世凯时，遂将仅存的紫檀木全数用光。

我看到这儿，不禁哑然失笑。魏文海所谓的正宗印度货就这么轻而易举到我手里了。

对佛珠感兴趣大概起源于一百元买来的烦恼。然而在那么多排山倒海的资料里，大多都提及到家具，紫檀木做佛珠的介绍相对较少，而对木料的鉴定和买卖却令人目不暇接，真假难辨。

甘南藏族自治州是中国十个藏族自治州之一，也是佛教盛行之地，或许这个原因，魏文海才由贩卖皮货改为买卖佛珠。无论他在生意上的利益如何，就凭这种前瞻性的眼光来看，我真是自愧不如。

二

魏文海的话倒是让我想起了河沿路。我平常很少去那儿，自然也不太清楚。只记得前些年的河沿路很清静，没有杂乱的设摊设点买卖。柏枝、桑子、隆达等日常祭祀之物却很常见。河沿路一头通向通钦街，一头延伸到东二路路口。在这座草原小城里蜗居了好几年，而这条只有一公里多的河沿路上的确极少来。因为这条路既不是商业区，也不是小城的繁华地带。然而当我来到河沿路的时候，却吃惊不小。

河沿路靠右是格河，一排排杨树挺立在岸边，浅浅的河面上漂浮着泛黄的落叶。不宽的路面两边比起前几年，多出了许多摊点。那些来自南方的花朵在北方干燥而寒冷的街面上，彻底失去了昔日的娇贵，变得孱弱无比。从田间归来的妇人们精心做了千层底布鞋，摆放在路边，鞋垫上绣着的一对鸳鸯在高原的阳光下没有失色，它们头碰头，亲昵有加。卖旧报纸和书刊的摊位上，围了一大圈人。再往前一走，便是清一色古玩摊位。挨着古玩摊位的便是一家做佛珠的。一公里多的河沿路，大多地段依然荒凉着。人来人往，接踵而至的热闹地带也不过二百来米。我从古玩摊点一步步挪动着，我知道，此行河沿路是专门来看做佛珠的，走到这里，心底自然生出无穷尽的好奇和幻想来。

这里的古玩，实际上叫旧货更合适。因为见到了“气死猫”灯台，见到了水烟锅，也见到了铜镜、火镰，更多的是佛珠。那些珠子或是菩提根，或是玛瑙，或是砂金石，抑或是牦牛角。我问卖主，他说都是上了年代的古货，价值不菲。我哦了一声，没有说什么。他看了我一眼，没有招呼，也没有露出鄙视的神色，大概是从我的表情里早就看出我是过客，而不是实买主。

做佛珠的摊点上人最多，一对年轻男女忙得不可开交。男的下料，等下好料后，又忙着车珠。女的一边打磨珠子，一边将打磨抛光后的珠子给卖主一一穿起来。车珠机旁边放着一个大箱子，里面摆满了各种各样的木料，木料上都贴有标签——金丝楠木、小叶紫檀、绿檀、黄花梨、乌木，等等，大凡都是我没有见过的。围在四周的人们七嘴八舌，有的说全是假货，有的说像是真的，感慨之余，十之八九都要做一串。

爱上河沿路已经半月有余，闲暇时间总是跑到那里，听买主和卖主之间的讨价还价，也听他们相互戏说。那个六旬开外的老头儿大概是这里的常客了，但凡我去，总能遇到。他既不做珠子，也不多说话，坐在一个很小的木凳上，一坐下来就没有走的意思。最让人引起注意的是他的那双手套，想必里面装了值钱的东西。

我顺势蹲在他身边，也没有说话。一连好几日，他也似乎注意我了。

这天，他看了看我，然后问，也好这个？

我笑了笑，点了点头。

他说，多长时间了？手头有好货吗？

我说，怎样的货才算好货呢？

他盯着我，看了一会儿，然后又摇了摇头，说，自己以为好的，自然就是好货了。

老头儿的这句话立刻让我心里一沉。“自己以为好的，自然就是好货了。”轻松而平淡的一句话，顿时让我对那些所谓十分昂贵的木料有了新的看法。起初，我也动心想做串金丝楠木的佛珠。实际上心里非常清楚，金丝楠木是特有的珍贵木材，一串十五颗的佛珠绝非三五百元就能得到的。皇家专用之木料，此时满街都是，就算是正宗货，心里难免不踏实。可阳光下金光闪闪，金丝浮现，且有淡雅幽香的金丝楠木佛珠的确让人心起伏不定。这又让我想起大街上的那些小青年，总喜欢从网上淘些挂有品牌儿吊牌的服装或美玉金银之类的首饰，看着光鲜，气派，殊不知金玉其外败絮其中。这大概是时代所迫，追名逐利，相互攀比，使大家的内心开始对虚假的东西有了前所未有的痴迷，进而丢弃了朴素和本真。

看了这么多天，也想了这么多天，始终狠不下心，掏不出那些同样令人心疼的票子来。

老头儿继续说，关键是人心所向不同，木头与木头之间才有了高低贵贱之分。他说着就从那只揉搓多日的手套里取出一串珠子来。

你看我的这串，虽然不敢和楠木、乌木之类的相提并论，但它在我的心里却远比那些高贵的木料要好。他说。

我原想从他手里接过来仔细看的，可他却没有直接给我。

他说，珠子还没有完全盘好，最好不要沾手汗。说着，将珠子平放在手套上，伸过手让我看。看不出有什么特别，所有珠子大抵如此吧，只是他的这串在色泽上稍有点暗淡，但像眼睛一样的纹路却十分清晰。

他继续说，这可是迭部的檀香木，不上漆，不打蜡，不加香，自自然然，本分坦荡。

迭部还有檀香木？我对他的话不敢苟同。我知道迭部素有“植物王国”之称，分布于印度、马来西亚、澳大利亚及印度尼西亚等地，被称为“黄金之树”的檀香木在青藏高原是不可能有的。

他接着又说，当然有啦，收集到这串带有鬼脸的珠子，我可是花了时间的。

带有鬼脸？这岂不是不吉利的嘛。我笑着问他。

你也不好这个吗？他笑着反问我。

我没说什么，我知道他至少在我跟前是绝对的行家。

简单地说，就是一个比较特殊的纹理，取了个象形的名字罢了。鬼脸不同于骷髅，骷髅佛珠是正统佛教密宗独有的，是密宗金刚部的法器，一般佛教徒不用。当然我也就知道这些了。老头儿将那串佛珠装到手套里，一边揉搓，一边继续说，迭部林大，解放前檀香木很多。檀香木高贵，地方人家雕刻佛像首先要选檀香木。可这种木材已经没有了，据说现在连树根都很难找到，除非是细心人家私自收藏，人家收藏的，自然不会随便给人。你闻闻，不说其他，就凭这味道也会值不少钱。说完后，他将手套送到我鼻子前。隔着手套，我的确闻到了一股奇香，那香不同于香水，也不同于大料。大自然恩赐人类的清香醇正独特，是不可替代的，任何人工合成的香都无法与之媲美。

老头儿见我迟疑不定，便面露喜色，说，走，到东一路桥头看看。

到东一路桥头干吗？我疑惑地问他。

到了就知道了。他说。

东一路是小城的民族商业区，桥头上有许多藏式服装店，临河一带驻扎着许多鞋匠，鞋匠的邻居便是贩卖“大河家”菜刀的许多商贩。东一路相比早年，民族特色更为浓烈。酥油、蕨麻、松石、藏刀、经桶、哈达等等，大凡需求者，从不去其他地方。我经常去这里，除了看看新到的藏式服装外，则是在那儿看“大河家”菜刀。因为有一把好刀，生活就会多出另一番滋味。此时这位神秘兮兮的老头儿带我去东一路，莫非东一路也有河沿路这样的市场？

和老头儿一边朝东一路走，一边听他说盘珠的事儿。

老头儿说，佛教上所讲的盘珠子实际上是一种仪式，不在乎最后的效果。收藏文玩意义上的盘珠子，要求就高一些。老头儿说着，始终没有停止揉搓手里的东西。刚做好的珠子不要急着去玩，先放上几天。本地的檀香木除外，它不像外地那些高贵的木料，不需要适应湿度和温度的。自古扎根在这里，只要是干透的木料，就绝不会开裂。盘珠要用棉线手套，每日半小时左右，坚持一周。然后在阴凉处放几日，再重复盘，直至包浆。再放一段时间，再重复去盘，反反复复，半年过后，就可以上手了。

我们经常感叹做人的艰难和生活的复杂，其实，天地万物何尝不是如此。如果没有遇到魏文海，如果不去买他的珠子，如果不为那一百元烦恼，这一切于我而言永远是大门之外的另一番天地。已经踏进这扇秘密而深沉的大门了吗？其实还很远。

老头儿继续说，盘玩的时候要轻柔，不要过于激烈，不要让珠子之间发出很大的撞击和摩擦。也不要将所有时间完全沉浸在盘珠上，一生是有限的，爱好在一生当中仅仅占一点，没有必要为盘珠而使自己身心疲惫，烦恼重生，那样就失去玩珠的本意了。

三

老头儿带我去的地方并不神秘，只是我从未注意而已。那地方就在东一路桥头，沿着鞋匠和贩卖“大河家”菜刀的商贩的摊位一直往里走，大约二百米就到了。那是一家农户，院子收拾得干净整齐。我们进去的时候，那家主妇正在洗衣，她没跟我们打招呼，也许每天出出进进的人太多，早已习惯了。主人倒是很热情，他停下手头的活，满脸堆笑，客气地给我们搬过小方凳，然后和老头儿搭话。

马爷，好几天不来了。

给你带来个行家。

主人看了看我，然后又看了看老头儿。这个行家就是我？我顿时涨红了脸。

你也看上迭部的檀香木了？这东西正宗，不是太贵，掺假没必要。他显然是说给我听的，可我对这一切全然不知，也只能冒充行家，而自以为是地点了点头。

昨天刚来了几十斤树根，你自己选吧。他说着便朝西厢房指了指。

西厢房不大，里面除一些木头和木头碎屑外，便无他物。

主人说，你进去自己挑，一般情况下都是好的，几乎没有赌性。

木头不大，但或多或少都带腐皮。我随手拿了一块就出来了。到这个份上，也只能硬着头皮做一串了。原本没有想着要做佛珠，只是好奇，或者说是那位老头儿硬邀过来的。不知道需要多少钱？也不好意思说不做，抑或先开口问价钱，那样将有失我这个“行家”的身份。

主人见我挑好了木头，便说，做大多的呢？

先做串手珠看看吧。我说。

好。你瘦，手腕不大，戴串一点二的应该适合。他说着就戴上口罩，并且打开了下料机。一阵剧烈的嘈杂声过后，我看见了那块木头的剖面，但见那剖面处一片暗红，清香随之扑鼻而来。老头儿坐在小木凳上一言不发，只是微笑。我不知道该说什么，这样的木头我的确是第一次见，看着那可人的颜色，闻着清香，我甚至忘记了起初的不快和内心的犹豫。

主人把木头四面的腐皮刨平后，又拿皮尺将我手腕量了一下，然后自语道，十四颗差不多。他放下皮尺，又拿起游标卡尺，将木头量好，放到下料机上，打开机器，切下一片木头，再将切下的木头切成一根长方形木条，最后关了下料机，打开车珠机。一会儿工夫，圆圆的大小均匀的珠子就车好了。那珠子比起先前切开木头的颜色更为好看，只是表面很粗糙。主人将珠子一颗一颗从锯末里捡拾出来，用手搓了搓，然后又放进打磨机里，来回打磨了半个小时，期间还换了三回砂纸。打磨后的珠子呈现淡红色，反而没有当初的好看。珠子打磨好后，就剩抛光了。抛光机和打磨机一模一样，不同的是将砂纸换成了兽皮。抛光用了半小时。当他从抛光机里取出珠子的瞬间，我兴奋得差点叫出声来。珠子脱胎换骨了，暗红色变成了深紫色，闪闪发亮，香气怡人。微微发烫的珠子在手心滚动，这哪里是珠子呀，简直是天真无邪无可挑剔的美瞳。

老头儿开始发话了。他说，这是正宗的，河沿路上的小叶紫檀都无法比。我知道老头儿所说的意思，小叶紫檀哪能随处可见？珠子做好后，我又担心，会不会要价很高？

花二百元，从选料、下料、车珠、打磨、抛光、穿珠，目睹这串珠子形成的前前后后来说，并不贵。做珠子的主人想得十分周到，就连盘珠的手套都给你准备好了。加厚棉线的一双十五元，麂皮的一双七十元。他还说，刚开始盘就用棉线的吧，等盘上一段再改用麂皮盘。原生态麂皮柔软细腻，不划表面，而且吸附力强，不会损伤珠子。任何行道都有他潜在的规则，不服不行。我拿了一双十五元的加厚棉线手套，将珠子装了进去。

小伙子，用迭部的檀香木做一串佛珠，物有所值，好好玩，乐趣无穷。盘的是木头，修的是心气。老头儿笑着说。

物有所值的话是针对行家的，就一般人而言，无论什么样的东西，首先都会考虑需要不需要。那么我真的需要吗？从东一路出来后，我一直想着这个问题。

四

喜好佛珠大概源于自己对陌生的另一行道的好奇。接下来的好多时间我几乎放弃了正在做的和即将做的一切，白天只要一有空，就出没在河沿路和东一路桥头，晚上便沉浸在翻阅资料当中。

佛珠，本称念珠，是指以线来贯穿一定数目的珠子，于念佛或持咒时，用以记数的随身法器。在佛教经典中，关于佛珠的起源，一般都以《木槵子经》所载佛陀对波流离王的开示作为通说。

> 经云：佛告王言，若欲灭烦恼障、报障者，当贯木槵子一百八，以常自随；若行、若坐、若卧，恒当至心无分散意，称佛陀、达摩、僧伽名，乃过一木槵子；如是渐次度木槵子，若十，若二十，若百，若千，乃至百千万。若能满二十万遍，身心不乱，无诸谄曲者，舍命得生第三焰天，衣食自然，常安乐行。

若复能满一百万遍者，当得断除百八结业，始名背生死流、趣向泥洹，永断烦恼根，获无上果。

……王大欢喜，遥向世尊头面礼佛云：大善！我当奉行。即敕吏民营办木槵子，以为千具，六亲国戚皆与一具。王常诵念，虽亲军旅，亦不废置。

波流离王在佛陀的开示之下，便开始用木槵子来做佛珠，持念佛法僧三宝之名，用以消除烦恼障和报障。

这应是佛教当中佛珠最初的起源了。

《旧唐书·李辅国传》亦有载：

辅国不茹荤血，常为僧行，视事之隙，手持念珠，人皆信以为善。

治理国家，以善为本，使国民心倾于善念之中，乃国之福也。拿起念珠就告诫自己念纯净，一心贯彻于善念中，久而久之便能明心见性，心开意解，是故持珠善念大抵如此。事实上，现在更多的人谁会这么去想呢！时下许多并非信仰佛教的男女，皆以佩戴佛珠为荣，佛珠俨然成为一种时尚饰品，而失去它原有的本意了。

和东一路桥头做珠子的主人彻底熟悉，是我接连半月内做了二十余串手珠之后的事。

他是本地人，叫麻义成，起初在东一路开服装店，说由于网店的冲击，服装生意日渐冷清。也是偶然，他在河沿路遇见做珠子的人很多，于是就想到这门生意不错。这期间，也请教过河沿路那对年轻男女，但人家闭口不说。不说也属正常，毕竟涉及利益。

麻义成给我详细说了他做这门生意的经过。

河沿路那儿是不做迭部檀香木佛珠的，因为这种木料极为奇缺，加之他们是外地人，自然做不了。他们只做小叶紫檀、大叶紫檀、黄花梨、金丝楠木等。麻义成说，他花了很大力，才去北京潘家园购买佛珠机。机器买到后，顺便也买了点所谓的小叶紫檀和大叶紫檀，价格不是太贵。回来之后，就在自己家里做佛珠。起初生意很淡，大家都在河沿路上做，很少知道东一路桥头也有做珠子的人。直到有一天，马爷拿着一块迭部檀香木树根来。本地有檀香木一说，他也是第一次知道，但那木料的奇香和颜色的诱人使他萌发了专做本地木料佛珠的想法。于是，他又花了好多时间，去迭部四处打问。迭部的檀香木几乎绝迹了，就算有，那也或许是极少地保护着的树种。在迭部逗留了好些日子，空手返回，至此，他对这门生意算是彻底心灰意冷了。

尽管心灰意冷了，但他总是在河沿路出没，观察。看着人家生意十分红火，自己又没能力抢夺顾主，心里苦闷至极，同时也特别憎恨那对外地男女。马爷是本地人，自然对本地人有所眷顾。他们也是在河沿路认识的，一来二去，马爷知道他购买了佛珠机而毫无生意的窘况。马爷算是半个行家吧，在那儿做佛珠的人都知道，凡事都要请教他。认识马爷之后，到他那儿来做佛珠的人渐渐多了起来，这一切都离不开马爷的引荐。当然了，他对每个顾客的要求都做到了无可挑剔，而且在打磨和抛光上更是精益求精，价格也比河沿路那边便宜。这样做最容易引起同行的憎恶，但在当时只有那样做，才能挽回所有的成本，扭转无生意可做的尴尬状况。

更多的迭部檀香木是马爷找的，马爷有本事有能力，他说好，藏有檀香木的那些人家，就亲自把木料拿到家来了。一斤三十多，争斤论两。看着堆积起来的那么多檀香木树根，说真的有点发愁。后来的事实证明，他的担心是多余的。迭部檀香木深受大家喜爱，同时，锯末也会有人专门收购。煨桑和制作藏香，估计都离不开它。

在这个行道干了一年多，说实话生意比河沿路那对年轻男女的好多了。有些人不远万里来这儿，都是奔着迭部的檀香木来的。他们不去河沿路的原因只有一个——河沿路的木料不对劲。小叶紫檀、金丝楠木、黄花梨，多珍贵的木料，一串手珠二百多，一听价格就知道是假的。小叶紫檀上的金星都能作假，还有啥假作不上呢。真的金星是磨不掉的，有奸商在普通的紫檀表面刷木粉或铜粉，然后用胶把木料的维管封死，之后再打磨表面，这样做出来的假金星当然玩不了多久，金星就掉了。话又说回来，做珠市场上通行的紫檀大多都是用香精浸泡的一般木头，或者是用酸枝木来替代。

麻义成说了很多，我也在想，佩戴佛珠只是一种心态，何来这么多渠渠道道？佛珠的本意在众多收藏家和爱好者眼里已经不复存在了，一定程度上，它成了某种身份的象征。没有善念，也没有心怀慈悲的时候，木料本身就会指引人们沿着罪恶的方向飞速前行。

麻义成也说到有人找了酸刺、黄刺、红桦、青㭎等木料做过珠子，无论什么样的木料，经过认真仔细地打磨和抛光之后，珠子依然很漂亮。也有人从其他地方高价寻得血龙木，一上料机，感觉像锯骨头一样，放到打磨机里，不到五分钟时间，砂纸全变白了，后来才知道，木料里全都打了蜡。

大概人心不同，对事物的觊觎也不同，因而在选材上多出了高于生活本身的要求，加之现代人的攀比心理，烦恼就会接踵而至。念佛珠用以消除烦恼障和报障，而更多的情形却是因为渴望找到好的木料去做佛珠，反而带来了无尽的烦恼。在收藏家或玩家眼里，木料比佛珠重要，佛珠比念佛更重要，这样的结果真让人无言以对。

五

河沿路那对年轻男女好几天不见影子了。想方设法打听到他们的住处，当我在当周街的某处民房找到他们的时候，他们已经搬走了。听邻居说，那对年轻人是夫妇，不是本地人，以前在夏河拉卜楞寺院附近开个小商店，专门卖佛珠，搬到小城做佛珠也是一年前的事儿。前不久他们去了迭部，具体去哪儿了谁也不知道。

迭部古称叠州，北边与卓尼相邻，南边是四川的松潘草地，四周全是高耸入云的石山，森林覆盖面积更是蔚为壮观。在位于美国哈佛大学的阿诺德植物园里，有很多树种来自一百年前大洋彼岸的中国。更准确地说，是来自中国甘南的迭部。

一九二四年九月，一个叫约瑟夫·洛克的美国人乘坐火轮车从纽约前往旧金山，再搭乘客船到达了上海，最后经四川，最终到达甘肃南部的甘南藏区。一八七六年到一九二八年间到达中国西北地区的探险队有四十二支之多，但能深入到迭部山区的只有洛克一人。洛克以迭部的旺藏寺为据点，开始了对迭部原始森林的考察。一九二六年八月，洛克将他的助手们采集到的种子打包邮寄去美国……

我不知道约瑟夫·洛克打包邮寄到美国的那些种子里有没有檀香木，但我的确从各种各样的资料里没有找到有关檀香木的记载。曾多次到过迭部，拉拢着朋友四处打听，奇怪的是几乎没有人知道。有天，朋友对我说，他原有本《迭部树木简志》，或许那上面有记载，只是可惜那本书已经让别人拿走了。他说得漫不经心，可是我却在州图书馆耗了十几天。后来，经四方打听，从一位退休多年的林业工人那儿找到了这本书。书上记载了迭部的树木种类，有松科、麻黄科、樟科、木犀科、瑞香科等六十余种。我依然不死心，一页一页认真翻阅，终于在柏科里找到了檀香木。

《迭部树木简志》是这样记载的：

松潘叉子圆柏、檀香木（迭部）

乔木，一年生枝的分枝均为圆柱形。叶二型，鳞叶交叉对生，先端刺尖，背面中部有长椭圆形或条形腺体；刺叶交叉对生或兼有三枚交叉轮生。球果生于直伸的小枝顶端，熟时淡褐绿色，具一至二粒种子。

产于白云、腊子口，海拔两千至两千五百米地带，生于阳坡组成小片纯林，或散生于沟谷杂木林中。分布于四川和甘肃南部。数量稀少，为优良用材树种。

与我当初的猜想一样，迭部是没有檀香木的。檀香木除了高贵的身价外，在中药学上也占有一定的地位。作为中药，它归脾、胃、心、肺经，具有行气温中，开胃止痛的疗效。《本经逢原》载：“善调膈上诸气……兼通阳明之经，郁抑不舒，呕逆吐食宜之。”《本草备要》也有“调脾肺，利胸膈，为理气要药”之说。当然迭部的檀香木绝非中药的檀香，那只是圆柏，或许因为它独特的清香，而被当地人误称为檀香木罢了。

前前后后做了几十串佛珠，也多多少少了解了一些关于佛珠的常识，弄清了迭部檀香木的来龙去脉，算是了了一段心结。

我的一位朋友自称与丁香结缘，为此他还写过不少关于丁香的诗。毛叶丁香虽稀少，但在迭部还是能找到。我托朋友专门去腊子口，水磨沟等处寻找。总算是找到了。他阴干后捎给我不多的枯枝。接到毛叶丁香的枝干后，我又在家里搁置了一段时间，后来在麻义成那儿做了一串非常漂亮的佛珠，寄给了他。毛叶丁香的纹路看起来比檀香木更美丽，一圈一圈缠绕着，微微泛紫，淡淡的清香里略带点点焦灼味。我知道，他和我一样，算不上是玩家，也不在于木料的高低贵贱，在乎的只是那种心境，在意的也是那种乐趣。

用来制造佛珠的材料可以说是不胜枚举，无论是矿物还是植物，大凡竹、木、牙、角均可制成佛珠。但在佛典当中有记载，可用来制造佛珠的材料实际上非常有限，最多也不过十余种，实在无法与现今众多繁杂的品类相比。麻义成给我说，有段时间，人头骨成了稀缺之物。有人专门贩卖，自然也就有人专门找坟地去挖。我在他那儿见过人头骨做的佛珠，珠子不同木料，呈片圆形状，色暗黄，骨质疏密不一。捏在手里，油腻厚重。看在眼里，令人作呕。不知道那些玩家或收藏家出于何种心态，竟然玩起了人头骨来。人骨念珠是密宗特有的法器，对于修持者来说，人骨念珠当然比一般的念珠更殊胜了。另外，人骨念珠是由高僧的骨头做成，作度亡法会的时候，人骨念珠才有不可思议的力量，它可以使亡者超度，生者得安。玩家或收藏家并非修持者，何况随处掘坟挖地，使生者和亡者都不得安宁。我想，那样的佛珠若放在家里，搁在枕边，大概噩梦不断，晦气十足，何谈超度与安宁。

老薛是我的朋友，有次他告诉我说，最近去了一趟郎木寺，得到一串珊瑚手珠，绝对正宗。

我问他，如何判定是正宗的呢？

他说，就是拉姆手织围巾店隔壁的那家，我看了许多手珠都没看上。后来，老板娘从里屋拿来了一串。

我听着就笑了起来。因为这是大凡卖家惯用的伎俩，看你是本地人，然后从里屋取东西，说什么本地人不能宰本地人之类的，最后却用高价把你给宰了。

果然不出所料，一个月后的某一天，老薛来电话说，珊瑚手珠现原形了。

我没说什么，因为那样的当我也上过，所以知道。也是因为大凡众生都想着以最少的钱换回最昂贵的东西，结果往往是贪小便宜吃大亏！

老薛说，外面一层酷似珊瑚的漆皮掉了，点点斑斑处，可以看出，是玻璃无疑。

我又想到五花八门的佛珠市场，所谓小叶紫檀、黄花梨之类的高贵木料有多少是真？

佛珠是修行的工具，念佛、持咒存乎一心。千百年来，佛珠已由参禅悟道的工具演变为众生大智慧的象征。现代人越来越喜欢和佩戴佛珠，而实际上，佛珠在宗教寓意之外早已成为时尚文化的符号了。戴佛珠的人，皆应看作是深具善根、无始劫来与佛有缘的人。可是现在呢？

《金刚经》说："凡所有相，皆是虚妄；若见诸相非相，即见如来。"众生修行，无非诵经、念佛、拜佛。如果你具备善根，那又何必过分计较做佛珠的材料呢？这样看来，真与假从来就在你的内心里。奇怪的是我们往往看重了表面的假，而遗失了内心的真。

六

当我放弃玩珠的所有念头，准备静心去做另外的事情时，魏文海却找上门来了。起初想着，那家伙又推销他的佛珠来了，真有点不想见。他没有了上次的神秘，也没有从背包里掏出东西，看上去，神情木讷，说话也不利索。我瞬时没有了要奚落他的心情，并给他让座倒茶。

闲谈间，他的目的渐渐显露出来。这次他不是来推销佛珠，而是来借钱。我不是大老板，也不是企业家，就那份工作，何况上有老下有小，说实话的确很难拿出多余的钱可以借给他。

按理说，他家在黄河首曲是有牧场的，不至于到这个地步。

我小心地问他，到底出什么事儿了？

他倒是很坦诚地说，父亲去世了，遵照牧区的习惯，已经葬到黄河里去了。牧场上只有母亲一个人。

有牧场还到处游荡，我听着心里越发看不起他。

他继续给我说，划分的大多草场由于顾不上，就又转包给别人了，可这一转就是好几年，那样既不荒废，还能多赚点。家里牛羊不多，原想留有的草场完全可以够用。但事情并没有想得那么好，留有的那片草场虽然在黄河附近，但却严重缺水，几处沙化的地方越来越严重，已经到不可放牧的地步了。魏文海说到这里，便彻底低下了头。

生意做得怎么样？还没等我开口，他自己却先说了起来。

他低着头，不好意思看我，声音也比以前低沉了许多。

前几年不懂得怎样生活，到处闲逛，和旦正才让一起贩过羊皮，结果赔了不少。也到草原拉过一阵铁丝围栏，后来听说佛珠生意好，就又倒卖了一阵。现在想把转包的草场收回来，添些牛羊，好好看牧场。草原上人很本分，大家愿意把转包的草场退回来，可是要把钱退给人家呀。

我听着心里也特难受，可也是无能为力。首曲草原是甘南，乃至全国屈指可数的天然优良草场之一，但随着气候的变化和人为的破坏，现在已是满目疮痍。这样的境况不止他家，在首曲草原守牧场的许多朋友都提及过。草场沙化一年比一年严重，而且退牧还草压力过大，放牧的却已做不到安稳，那么他们的出路又将在何方呢！

魏文海带着失望离开我家后，好几日我的心情始终无法平静下来。满大街都是做生意的，但常住草原牧场的却似乎远远跟不上真正的生意人的精明。说不上过几年的首曲草原上，就会见到做珠子的人。尽管魏文海是生意场上一个失败者的例证，但也不保证所有人都和他一样，然而我担心的并不是和他一样的外地人。所谓修行，实际上何尝不是修善！当大片草原彻底沙化，黄河源流不断缩小，见不到牛羊的那一天，修道成仙又有何用？

佛珠依然是当下的流行饰品，把玩，赞赏，高价买卖，而它的原本的意义已经消失殆尽。似乎从来就没有人想到过，从念佛开始，将善根渗入到具体的当下生活之中，那将是多大的善根呢！

是的，我们的确只看到了眼前的利益和表层的真假，而遗失了内心的坚守。而当真的失去家园的那一天，最先听到的是谁的哭声呢？

2015.10

2016.02

木楼记

一

——土匪，还是强盗?

尖厉刺耳的呵斥声是从楼下院子里传上来的。闫教授吓了一大跳，他慌忙收起照相机，躲在我背后。

——谁让你们上来的?让你们进屋了吗?罚款!掏钱!

说话的是一个十分精瘦的女子，我没有看清她是怎么上来的，当我看清她的时候她已站在我们面前了。我连忙解释，说我是本地人，带个外地朋友来扎尕那，到了扎尕那自然要来洛克故居转转，见门开着，这不就进来了嘛。解释了半天，她的怒火似乎还没有完全消散。她指着我的鼻子，说，看在本地人的面子上就饶了你们，小屋里的照片是随便照的吗?照相是要掏钱的。我笑着说，今晚我们就住你家，交个朋友，下次还会来的。这下她的气彻底散了，双手下意识地在衣襟上擦了擦，露出了笑容。

那夜我们放弃了选择更好的休息地方，住在了她家。一来不至于说话不算数，再说了，我也真有了解她家与洛克的关系的想法。而至于朋友，也只好委屈了。

约瑟夫·洛克是美籍奥地利裔植物学家、人类学家，这个外国人二十世纪二十年代来到中国西部，在汉藏边缘地带生活了二十多年，采集了上万的珍稀动植物标本，拍摄了几十万张照片，写下了几百万文字，在当年轰动了西方。洛克曾在卓尼土司的护送下，数次到达迭部地区考察。在迭部，洛克收集了大量的植物种子，还为美国国家地理杂志购买了全套的卓尼版大藏经。一个世纪的时间距离中，这个外国人和迭部有了不解之缘，他在这片土地上的所作所为也似乎成了传说。

那女子名叫旺姆措，算是这座陈旧木楼的主人，可是她对这座木楼的缘起却说不出一个字来。嫁过来就住这里。这是她翻来覆去所说的一句话。

旺姆措守着这座木楼也已经有好几年了，她不知道，也不理解，为什么要坚持着守护这座木楼。旺姆措一家五口人，男的常年在后山的牧场上劳动，她一边操持家务，一边看管三个孩子，因而在说话与行动上显露出莫名的急躁和疲惫。我问她关于洛克的故事，她也是茫然无知。只是说，一百年前有个外国人在她家住过，据老人们说就住在这幢小土楼上，小楼一直保存到现在，十多年前政府通知他们说，这座木楼是文物，不能随便翻修改造。别人家都盖了楼房，你看看，我们的屋子黑得连电灯都无法照亮。谁知道洛克是个啥东西，让我们在这里没日没夜地守着。旺姆措说着就生气了。

我劝慰她说，有一天政府会给你家好处的。她听我这么一说，眼睛又亮了，说，真的吗？都这么说，都说了十几年了。就想拆了这屋，可他们不让，说旅游就靠这些。你说这么个破屋子，算啥呢？一个存了一百多年的木梯子，说是洛克用过的，你信吗？照相收费，显得太小气了。不收钱，可我的日子怎么过？

你男人怎么不来？我躲开了话题，是因为旺姆措的这些问题很难回答。最要命的是，就算你告诉她你以为最合理的答案，可她不会相信。或许是因为她听到的类似的回答太多了，她自己也不知道哪个具有可信度。

她似乎不太愿意说起她男人，只说他在外面很忙。他们有三个孩子，小儿子不到一岁，正在宽敞的土炕上爬来爬去。可她看上去才二十出头，脸上还有几分姑娘的羞涩，然而长期的劳作却让她清秀的面容满是疲惫、憔悴。

闫教授似乎对这一切不太感兴趣，他到扎尕那来，完全是因为扎尕那的山。来之前他很兴奋，在电话里曾多次提起《中国国家地理》杂志社发布的“寻找十大‘非著名山峰’”榜单，还特意强调扎尕那榜上有名，位居第四。当然，扎尕那山势奇峻、景色优美，犹如一座规模宏大的石头宫殿，非著名山峰位居第四之说足以担当。我们到扎尕那已经过了午后，看山必须是清晨，迷雾包裹之下的扎尕那才不负神奇无比的众望。真是因为这样，我才拉他到旺姆措家来了。

我拍了拍闫教授的腿子，闫教授挪了挪身子，一会儿又眯起了眼睛。

洛克是啥东西？不会是你们编出来的吧？旺姆措突然又说话了。

不是啥东西，是个人，美国的。我笑着说。

听说坐飞机要好几天，他怎么走到这儿的？我不相信。旺姆措缓了一下，又说，红军打仗的时候，周总理就来过迭部俄界，说肝病犯了，高吉寺院当藏医的老阿克治好了他的病。这大家都知道，可洛克有几个人知道呢？

怎么不知道呢？我说。

都是你们编出来的，你们当然知道了。旺姆措又回到旧话题，又说，别人家房子修得那么漂亮，我家不能修。别人家客人那么多，我家没人住。破屋子里挂几张照片，有啥用？守了这么多年，不就是给你们编出来的这个看不见的洛克当保姆吗？

旺姆措说到这里，突然显得很忧伤。说，我经常做一个相同的梦，梦见月亮圆了的时候，我就会站在大路口，看月亮，看天空，可是那个叫洛克的人连影子都不见，都是骗人的。说完之后，她捂着脸回了自己的屋子。闫教授已经有了轻微的鼾声，而我的心里也满是茫然。洛克到底存在过吗？我也似乎不知道了。

二

闫教授起得很早，在他的催促下我们几乎是摸黑出门的。沿途要经过东哇、业日、达日、代坝等村，可惜眼前一片模糊，看不清它们的面容。走到代坝村的时候天才慢慢亮开，而身前身后却被一团一团奔跑的浓雾包裹着。我来过好几次，摸黑上山还是第一次。到了山顶，全身早被臭汗浸透。闫教授突然就发出感慨，说，世外桃源就在这里。是的，他怎么会想到山顶的最高处是牧场呢！雾太大，当然看不清更为遥远处光盖大山的壮阔和雄伟，看到的只有眼前郁郁葱葱的树木和悠闲吃草的马匹。不见牧人，也不见炊烟，一切都很寂静。可闫教授的感慨也只是瞬时的，接而他就抱紧膀子，缩躲在一块大石头背后不住咒骂什么狗屁非著名山峰之类的。

到世外桃源了，反而躲藏起来。虽然是盛夏，而山顶上依然很冷，加之上山出汗，又遭寒风侵蚀，那种寒冷真有点难以抵挡。我心里也有点不愉快，于是便大声对闫教授说。

闫教授装作没听见，没有从大石头背后站出来，也没有停止喃喃自语。

扎尕那俗称石城，就是以奇特的山形与巨石而著名。然而此时此刻，由于迷雾笼罩，所有的一切都显得十分朦胧。我在山顶不住跺脚搓手，等待太阳出来。太阳初出，尤为寒冷。不过还好，半小时的奇寒考验于我而言还能抵挡。而闫教授就不行了，他似乎承受不住，甚至鼻涕都掉了下来。我看着，也是束手无策。因为出门前，我也只穿了一件单薄的外套。

就那样，我们在山顶坚持着，忍受着。半小时之后，太阳完全冒出了山顶，整个山顶一下子亮堂起来了。

浓雾从山顶开始慢慢向山腰下滑、缭绕，尖利的山峰缓缓露出头来。先是一个，渐渐变成了一排，最后成了环绕起来的巨大屏障。浓雾停留在山腰处，山底的村寨却渐渐露出了面容。闫教授又开始感慨了，说，这绝对不是人间。我说，这是神的后花园。他摇了摇头，说，太俗了。神就在这里，这里就是天堂。我没搭理他，因为此前他的不断咒骂和此时的赞誉令人心生鄙视。

随太阳的渐渐高升，山下的村寨愈来愈清晰了。四周是险峻柔美的山峰，整个扎尕那似乎飘在空中，有种旷世独立之感。难怪洛克当年亦有如此感叹——我平生未见如此绮丽的景色。如果《创世纪》的作者曾看见迭部的美景，将会把亚当和夏娃的诞生地放在这里。

山上的人慢慢多了起来，或驾车，或扛三脚架，或指指点点谈笑风生。我们开始从山顶向下走，弥漫了一个早晨的迷雾逐渐散去，一切神秘也随之而逝，天堂又成了人间。远处田地葱绿，眼前青稞正在抽穗，错落有致的踏板房和陈旧暗黑的木栅栏相得益彰，飘荡的炊烟与蓝天白云间忽隐忽现的山峰相映成趣。一切如此简单，如此简单的一切更加证实这里就是人间。可那种神似天堂的感觉依然存在，大概是因为我们对天堂的向往由来已久，渐而对人间的美景多了厌倦，甚至视而不见了。

中午时分我们到了东哇村。东哇村路口建有一处旅游招待点，有停车场，有饭馆，还有旅游纪念品商店。我们要了两碗臊子面，价格自然要比县城贵，但碗很大，农家味道，确实不错。闫教授吃得过瘾，又续了一碗。

特能吃呀。我开玩笑说，瘦人吃一锅。

闫教授差点喷出来，说，嘴真贱。又说，好吃，回去就吃不到了。

吃完之后，我带闫教授又去了东哇容库[①]。东哇容库正在开发当中，从山底到山顶都铺了木板台阶。这条沟很长，沟的尽头仍旧是牧场，是牛羊成群，树木葱茏。天气很热，步履自然缓慢。游人繁多，可谓熙熙攘攘。这地方我来过好多次，实话实说，也没有太大意思。于是在太阳还没有完全下落之前，我就催促闫教授下山。实际上我也看得出，老家伙无论身体还是审美，都有些疲惫了。

半路上，闫教授走不动了。从身边经过的游客们走着笑着，悠闲得很，他们一边谈论某处农家旅馆如何好，某家藏餐如何精美，一边又面对残照和群山发出惊叹与呼叫。也难怪，住惯了大都市，厌倦了喧闹与拥挤，面对如此静穆而宏大的深沟丛林，那些惊叹绝对源自心灵，这一点我从来没有质疑过。然而此时此刻，他们的谈笑与惊叹却彻底击垮了闫教授

① 容库：藏语，意思是沟，地方人都这么叫。

尚存的一丝意志，他坐在路旁的一块石头上，和我对峙起来，可我也没有力气背他下山呀。

游客们渐行渐远，整个东哇容库陷入空前的死寂。我扶着闫教授一步一步向山下走。闫教授比我还瘦，但当他将身体完全倾靠在我身上时，我开始怀疑他的身体里装的不是粮食，而是石头。

太阳已经落山了，周边立刻暗了下来，树林里鸟雀的鸣叫令人惊悸。恰好有几匹马从旁边的小路经过。几匹马都是武装起来的，我知道，这些马是专门用来驮游客的。果然，几匹马的后面是一个年轻精干的小伙，他吹着口哨，显得十分欢快，想必今天收入不菲。我连忙叫住他。年轻小伙闻声而停，那几匹马也立住了脚，低下头用嘴巴蹭着地上的碎草，然后又抬起头，望着山下。已经不远了，我也看见了山下的东哇村，看见了村子上空飘荡的蓝烟，也看见了饭桌上美味可口的饭菜。

可以骑着下山吗？我朝年轻小伙大喊。年轻小伙看了看我和闫教授，迟疑了一会儿，接着就不住地摇头。

我说，会给你加倍的钱。

小伙说，不是钱的问题。早点就好了，现在不行，已经歇了。

我又说，你们不是专门来挣钱吗？

他说，是呀，可现在不行，已经歇了。他说完便开始下山。

我说，你看老人走不动了，算帮个忙。

小伙转过身，无奈地摇了摇头，说，马是自己的，可驮游客归村里统一管。又说，歇了就再不能驮人，破坏了规定，会挣不到钱。

闫教授来了精神，想必要用粗话了。我慌忙示意他不要开口，一旦开口，会引来许多不必要的麻烦的。老头子瞬间又显出极为颓废的样子，并不住自语——不可思议！

三

旺姆措将身子斜靠在门框上，见我们蹒跚而来，老远我就听见了她咯咯地笑。

还以为你们让狼吃了。她一边说着，一边过来扶闫教授。

饭都凉了，我以为你们住别人家了。你们住别人家，我就把你们的东西扔到河滩里。旺姆措一边说，一边在炉子上热饭菜。

菜是野菜，饭是蕨麻米饭，这是藏区招待上等客人的。闫教授搓着小腿，不住叫唤，哪有吃饭的心思。我扶他平平躺在炕上，让他早点歇息。

不吃呀？饿死我可不负责。旺姆措笑着说。

中午他吃了两碗臊子面，估计还没消化。我也笑着说。

旺姆措看了看躺在炕上的清瘦的闫教授，又发出了咯咯的笑声。

吃完饭，安顿好三个孩子，旺姆措又来到我们住的小屋。

闫教授早睡着了，但似乎睡得不安稳，时而转身，时而发出轻微的呻吟。

旺姆措坐在一张长条椅上，突然盯着我问，扎尕那怎么样？

好得很。我说。

哪儿好呢？她又问。

山好，水好，人好，是神仙住的地方。我说。

屁话。旺姆措白了我一眼，又说，还神仙住的地方呢，没看见到处都是垃圾？我们可不那样，只有你们才那样，自以为掏几块钱的垃圾费，不乱扔就好像对不起那几块钱。

别这样看着我，我也是本地人，我没乱扔。我连忙说。

——咯咯咯，旺姆措笑出声来，说，那你紧张啥？又说，谁稀罕呢？原本清静的地方现在都成这样了。

你有没有想过，有一天如果政府让你们搬迁呢？我试着问她。实际上，我早就想这么问，却又怕她没完没了的反过来问我。

那才好呢。旺姆措这次没有反问。我们家几辈子人守了一百多年，都没意思了。

我刚高兴她没有反问，只高兴了一会儿，她的问题就来了。

你说搬迁的话会不会给我家几套楼房？她问得很认真。

或许吧。我后悔问她。

屁话。旺姆措有些生气。又说，啥叫或许？是必须。我们守了一百多年，而且这房子这么大，还楼上楼下，至少能换三套。说完之后，她又咯咯咯笑了起来。

见我不再说话，旺姆措也没有继续说下去。

我突然想起百年前的洛克住在这屋的情景。同时，也想着旺姆措，她一个女人，这些年坚持着，尽管扎尕那的旅游业如日中天，而她家的收入能有多少？一个女人，在整个益哇沟旅游兴盛的当下，做到不急不躁已经很不容易了。

加个微信吧。旺姆措突然说。

你也玩微信？我说。

凭啥我就不能玩？她见我不开口，又说，方便嘛，还可以多拉几个客人。

你休息吧，不早了。旺姆措打了个哈欠。

明天我们早点要走。我说。

不玩几天？她问。

下次再来。我说。

我刚躺下，手机呜呜响了两声。是旺姆措从另外的小屋给我发来一条语音——多玩几天吧，扎尕那还有好多地方你们没去。

我理解她想多留我们几天，多赚点食宿费，毕竟她家这个住宿条件，要留住客人确实不容易。同时我还想，一个女人，既要带孩子，又要养家，还能说普通话，真的已经很不错了。

四

闫教授离开甘南之后，没有和我联系快一年了。这天我给他打电话过去，老头子说，他已经退休了。我们说起那次扎尕那之行，他笑得很开心，说那是他一生中最难忘的一次远行。

十大非著名山峰……我还没有说完，他就阻止了，而且语气很严肃。其实我根本没有取笑他的意思，大概是因为他对自己当初的咒骂有所羞愧而已。如今他已赋闲于家，我不知道他对甘南草原还有没有当初哭着喊着要来的那种冲动。电话里，我再次邀请他，他却拒绝了，说他对甘南草原真是有感情，可是老了，心有余而力不足了。

挂了电话，他初来扎尕那在纳加石门口大声朗诵《桃花源记》的情景又浮现在眼前——复行数十步，豁然开朗。土地平旷，屋舍俨然，有良田美池桑竹之属。阡陌交通，鸡犬相闻……

闫教授力不从心，而我决定去扎尕那看看。距离旅游旺季还有一个多月，我想看看平日的扎尕那到底是什么模样。

临走前，我给旺姆措的三个孩子买了点水果，简单收拾了下就出发了。车到纳加石门的时候，我给旺姆措打了电话。电话无人接听。到她家门前时，我看见了旺姆措，她和几个女人在门口聊天。旺姆措看见我的突然出现，显得有点儿尴尬，和她聊天的几个女人笑着走开了。

旺姆措带我进了小屋，她不断地在衣襟上擦着双手，说，你来早了，楼上屋子全是杂物，没有收拾，无法住人。

我没有说要住，也没有说不住。走出小屋踏上梯子，来到楼上。

旺姆措也跟了上来，大声说，没啥看的，很乱。

但我还是推开了那间小屋的门。里面果然很乱，除了杂物，甚至连旅游旺季所用的锅碗瓢盆都堆在那间小屋里。

从楼上下来，我就借口离开了她家。旺姆措站在门口，看着我离开，满脸失落。我对她说，过些日子我还会来的，会带许多人到你家住。旺姆措点了点头，说，一定来呀，再过半月这里就热闹了。

出了门就是大路，沿业日村的方向走了大约半小时，天色就暗了许多。薄暮西山，牛羊入圈，我没有继续前行的勇气。送我前来的司机早就到县城了，眼下首要问题是解决吃住。还好，扎尕那有许多农家小旅馆。凡是挂有招牌的人家我都一一问了过来，他们都显出茫然的神情，说，没到季节，不营业。找完了达日村和业日村，没有一家是营业的，也没有一家似乎愿意让一个陌生人留宿一晚。到了东哇村，我遇见一位老阿妈，并得知有一家旅馆是营业的。好不容易找到，但主人说，最近村里念经，家里不允许住外人。

天色越来越暗了，路边的挖掘器并没有要歇息，它们将大山一口口吃进去，用巨大的臂膀腾出一片片空间来。我想，过不了多久这里定会出现小饭馆，或是小卖铺，甚至别具特色的小旅馆来。

路上行人少之又少，偶尔有，也只是很快消失在深巷里。看着瞬间消失的他们的背影，我感到了孤独，因为我看到的背影也是孤独的。安静地消失了，他们再也回不到从前。人们常把未曾开发的美丽之地称为世外桃源，然而真正符合世外桃源的地方到底能有多少？当那些天然美景不断被人类文明所污染，善良和淳朴被金钱所泯灭，一个一个曾经的世外桃源，不就成那些梦求一夜暴富者的生死场了吗？想到这里，我的内心突然多了某种难以言语的忧伤。如果再迟一段时间，就看不到这一切。剥去旅游的外衣，扎尕那实际上就是一座空荡的石头城堡。为此，我又想起旺姆措。一年前，旺姆措说过，扎尕那不再是以前的扎尕那。旅游一开发就变了，大家开始比拼，一比拼，人心就慌乱了。

是的，每种环境都有其特殊性，生活着的每个群体、每个个体，都有他们自己的人生观和生活态度。每种在我们看来是多么不合理甚至不堪的生活，却自有其内在的合理性、正当性。而我们的观察却总是难免肤浅，难免自以为是，难免偏颇甚至偏激。所以，有什么理由为别人的冷漠，甚至敌意而感到不快、感到愤懑呢？

我给司机打了电话，然后慢慢向县城方向走。繁华背后肯定是荒凉。我一边走，一边不住想象。那个叫洛克的人，当年会不会经常在冰凉刺骨的益哇河边洗澡？当年是不是也有一个善良的旺姆措在月光明亮的夜晚矗立在村口，等待着早已消逝在地球另一端的那个大胡子男人呢？想到这里，旺姆措的影子又出现在眼前——她漂亮、羞涩、疲惫，茫然，但对陌生人充满戒备，对贸然闯入她小楼的不速之客怒气冲冲，不停地大声呵斥：禁止拍照，罚款，掏钱……

很显然，地球另一端早已不存在的美国人洛克，已经在无形中成了她家的一个影子成员。她不认识他，她只认识照片上那个一百多年前的大胡子男人，但她一定希望着，他的影子一样的“存在”能给她家带来更多的收入。

2017.6 通钦街

尕秀记

一

拉毛草老远就跑过来，从车上取下我简单的行装。

你这是干什么？我吃惊地问她。她好像没听见一样，背着我的包就朝小铺子走去。

我朝她吼道——我是来买风干牛肉的，马上就走。

不行，今晚要住，我家开小宾馆了。她转身露了个调皮的笑脸。

和拉毛草认识是一年前的四月。那天我们去郎木寺路过尕秀，看见公路边有公共厕所，于是大家叫嚷着下了车。厕所旁不远的地方是一家小铺子，四周是茫茫草原。没有其他建筑，小铺子显得孤零零的。高原的四月青黄不接，遥远的群山和泛黄的草地连成一片，让这里的一切变得更为苍茫而辽阔。我看惯了这样的景致，也不惮于在这样的景致里衍生出的无尽孤独。可朋友们不一样，从江南到高原，从都市至草地，所表现出的兴奋与好奇、惊讶与激动，乃至无限喜爱总是难以言表。我不做最坏的猜测，但是我想，当兴奋与好奇之心一旦产生疲惫，那么剩下来的可能就是担忧和余悸了。因为人与生俱来对生存的环境是具有依赖性的，这种依赖不会因为瞬间的兴奋而彻底改变。果然，片刻间，他们的兴奋就被寒冷扼杀在摇篮里，一个个都跑到车里去了。

小铺子叫拉毛草百货商店，看铺子的是一个中年妇女，有点儿胖，个头却很高，因而她的肥胖并不起眼，反而有富态之相。

我进入小铺子，一眼就看见摆在柜台上的十几袋风干牛肉。那妇人见我盯着风干牛肉，就开口说，自己家里风干的，没有添加其他东西。我起先没有说话，是怕她听不懂汉语，然而没有想到她的汉语说得极为流畅。她这一说，反而让我不好意思，同时也深感自卑。因为我的祖上也是牧民，在几度迁徙与环境变化中，我们丢失了自己的民族语言，只留下连自己都曾质疑的身份了。

没有和她讨价还价，那些风干牛肉全让我拿走了。我知道，如果摆在超市里，那些牛肉就不止那个价了。而且超市的风干牛肉添加剂多，就纯自然性而言，也是和这里的无法相提并论。

恰好又是四月，然而今年的四月感觉上要比去年热。其实，让我吃惊的并不是天气的变暖，而是拉毛草开了小宾馆，还有她超群的记忆，要不她是不会认出我来的。

柜台上的风干牛肉比去年少了很多，然而小铺子却扩大了不少。我问她，她沉默了一会儿，继而又笑着说，忙呀，顾不上。不过，会抽空做的，过路的客人们都喜欢。

拉毛草说完之后，盯着我的脸，说，不走了？住下吧，不会要你太多钱的，我们都是朋友了。

朋友的概念在牧区可不同于城市。在牧区有人认你为朋友，那可是你的福报。但今天，我真的没有住下来的打算与准备。

我是来买风干牛肉的。我笑着说，南方的朋友们想吃，这不专门来了吗？

拉毛草把包塞到我怀里，说，不多了，你全拿走吧。我看得出，她有点儿不高兴了。

她见我不说话，便又说，要不你过几天过来吧。

过几天就有了吗？我说。她不说话，只是望着我，眼神里多了份失望和无奈。

那样最好，过几天我一定来。我又重复了一句。

还不如住下来，又不是不方便。拉毛草的声音突然低了许多，房间都是新的，有电视，有电褥子，还有 Wi-Fi，自由得很。

还有 Wi-Fi？我差点没相信自己的耳朵。

拉毛草又提高了声音，说，不信你去看呀。

我没有拒绝她的好意，于是就跟她去看小宾馆。的确不错，房间不算太大，但却十分整洁。床上被褥雪白，墙上除了挂有电视外，还张贴了打印好的 Wi-Fi 的账号和密码。她自己也似乎很满意，她说，政府让我们彻底脱贫致富，给我们那么多帮扶政策，自己再不努力，就说不过去了。想必她的小宾馆建立起来还没有人入住过吧？因而处于某种寄望，才一直挽留我。那样，她的心理上或许就踏实了——毕竟已经有了入住的客人。

小宾馆在小卖铺旁边，占地很大，门前是宽敞的停车场，屋后是一望无际的草原，条件得天独厚。如果这里是旅游区，那还有什么可说呢。

转完小宾馆的各个房间后，我们回到了小卖铺里。拉毛草给我倒了杯茶，然后就说起了修建小宾馆的经过来。

你可能不信，我十七岁就出嫁了，那时候的尕秀到处是土堆，牛羊粪便满地，垃圾随便扔。拉毛草显得很动情，语气柔缓了许多。又说，一晃就是几十年。这几十年的变化你也看见了，村里有了广场，还有路灯，牧民新村一年比一年修得好，Wi-Fi 都有了。

我也看到了，村子四处的道路的确可以用一尘不染来形容。

自己不努力没有理由，以前我们守着旧传统，没想到观念的转变真的可以让人富裕起来的。拉毛草谈兴很高，我没有打断她的话，但依然看到她眉间的担忧了。她在担忧什么呢？

你看，现在的尕秀怎么样？拉毛草问我。

尕秀现在就是甘南的小香港了。我笑着说。

她瞪了我一眼，说，你说得太可笑了。有火车吗？有高楼吗？

火车路不正在修吗？很快就有了，很快就变成大城市了。我依旧笑着说。

——呀。拉毛草高兴地说，干部们抽空都来捡垃圾呢，环境好了，人活着才舒心嘛。

拉毛草见我没有过夜的意思，她说，走吧，时间不早了，天色要变。

我说，过几天我一定来，多住几天。

拉毛草帮我装好风干牛肉，我发现风干牛肉上肥油很多。她看出了我的心思，说，瘦的要有，肥的也要有，肥瘦夹杂，才能吃出风干肉的香味来。想想，你们做饭不也是这样的吗？

我想不出反驳她的话来，只好如此了。

记得一定再来，我们都是老朋友了。

我笑着说，一定来的，都成老朋友了，怎么会不来呢？

有煤气灶，吃不惯我们做的，你可以自己做。拉毛草朝我大声喊。

二

一周之后，我再次来到尕秀，在干净整洁的村子里转了一圈，然后就去找拉毛草。小铺子关着，小宾馆里也没有人。去哪儿了呢？其实对尕秀我并不熟悉，对拉毛草，也只是几袋风干牛肉的交易之情。从小铺子返回，自然谈不上失落，大家都在忙着过日子，早就没有专门为等候一个人而伤感的那种情怀了。

在尕秀，你很难找到像一般村子那样的中心街道。因为尕秀的街道就是省道，一边连着省城兰州，一边直通旅游胜地郎木寺。我沿省道向前走了一段，看见许多女人们围在一处空地上。走近一看，才知道她们捻线。拉毛草也在人群里，她看见了我。拉毛草将一团牛毛线交到另一个女人手中，就跑了过来，并朝我胳膊捣了一拳，说，你来了？风干牛肉还没准备好呢。面对那么多人，我一下子觉得脸上火辣辣的。

我说，来了。

还没来得及问，她就像倒豆子一样说了起来，我们捻线呢，发展第二产业。

什么是第二产业？我问她。

别考我了，我只知道挣钱。牛毛线很值钱的，拉毛草认真地说。

那夜，我没有考虑，就住在她的小宾馆里。有点儿冷，不敢开门。厕所在前边很远的草地上，我真想骂一句粗话。

等我从厕所回来，推开门就看见拉毛草坐在床沿上。

你来干吗？这么迟了。我质问她。

见你房间灯亮了，就过来看看。怕你高原反应，送了命我可担当不起。她说。

厕所太远了，比要命还麻烦。我直截了当。

过些日子就好。她笑了起来，说，到时候不但房间里有厕所，而且还能洗澡。

第二天，太阳还没完全出来，门就被她敲得山响。我一边回答，一边慌忙穿衣服。打开门，但见拉毛草手里端着冒着热气的牛奶和饼子。她见我邋遢之态，便朝我吼道，晚上睡不觉，早上起不床。拉毛草一时心急，表达上没有转换过来，我听着就哈哈大笑。她放下牛奶和饼子，转身就走了。

拉毛草又生气了。

等我将一个饼子和一碗牛奶消化掉，太阳才露出山头。外面很空旷，草原上空弥漫着一层薄薄的雾，空气有点呛人。她们又开始捻线了，一位老奶奶坐在用自行车车轮做成的绞盘前，慢慢搅动着轮子，三五个和拉毛草一样的女人手里拿着早已洗净的牛毛，一边抽牛毛，一边向后退。牛毛绳子的一端在车轮上方的滚柱上，一端在女人们手里，阳光泼在她们身上，也洒在纤细而不断拧动的牛毛绳子上，温暖而明亮。

我转了一圈，雾渐渐散开了，群山与群山的交接处皑皑白雪清晰可见。不远处的草地上牛羊成群，它们低着头，正在努力舔食黄草。公路上过往的车辆箭一般消失在我的视线里，没有一辆停留下来。两边小饭馆里人出人进，学校里孩子们的读书声隐隐约约传来，我内心有种说不出的激动和敬畏。生活在纷繁芜杂的尘世上，有多少人曾梦想过心灵深处的桃源。然而，当你身处桃源，又该想些什么？其实，我们何尝不是在梦求的那种桃源里生活？只是因为多了原不属于自己的贪念，而少了发现和顿悟，忽略了身边的美景，一味追求虚无的天堂之路，才有了诸多烦恼和苦闷。

是的，可我们依然无法做到彻底的拒绝。更高的追求可以改变具体的生存状态，这有什么错呢？

三

恰好遇到村子有佛事活动，这是我来尕秀的第三天。拉毛草把我带到一座不大的帐篷里，然后跪在草地上，虔诚聆听诵经。村里的佛事活动一年一次，声势浩大，不光是尕秀一个村，而且附近村的牧民也会来。阿克们围坐四周，认真诵经，祈四季平安，万事如意。

帐篷里坐了一圈人，其中一个是尕秀村村委会主任。大概是拉毛草提前说好了，所以他很热情地拉我坐到中间，并倒上滚烫的奶茶。

主任指着一位约七十的老人对我说，东智布爷爷今年八十一岁了，算是村里知道得最多而又不聋不哑的为数不多的老人了。我十分惊讶，八十多岁还如此精神？不但如此，而且声音洪亮，中气十足，表达上没有丝毫含糊。

老人手里掐着佛珠，不紧不慢地说着。我从中间挪到他身边，认真听了起来。

尕秀村是一九六六年成立的，以前没有这个村，有的只是拉仁关公社的四个部落。后来，由于各种原因，其中两个部落就搬迁过来了。搬迁过来之后，依然保留了部落名——尕秀。当时搬迁过来的只有六十多户，那时候，这里荒无人烟，大家住草皮砌成的土房子。一九八三年包产到户，夏天住帐篷，冬天搬到冬窝里。一直到二〇一三年，政府提倡牧民定居，这里才有了牧民定居点。人口慢慢也多了，上学读书的有了，外出做生意的也有了，村子也慢慢好了起来。

村委会主任听到这里，抢过话头，说，这几年又搬迁过来了许多户人家，现在村子有三百多户，已经建成了生态文明小康村，这里再也不是以前的晒银滩。

这里就是晒银滩？晒银滩，一个多么富有诗意的名字。然而，它的前身隐藏着什么秘密呢？我再也不知道了。但是我知道，它的未来或许是一个小镇，一个旅游胜地，甚至是一座草原新城。就此时的尕秀发展来看，它有着和城市靠近的迹象，也与不断进步的城市文明方向一致。可我在思考另一个问题，牧区的发展一旦完全脱离牧业，那么，他们的前景会在何处？

村委会主任继续说，政府针对牧民居住分散、信息闭塞等实际困难，就实施了无线网络进村入户工程。

难怪拉毛草大呼小叫，说她的小宾馆有 Wi-Fi，实际上有 Wi-Fi 的不止她一家了。

东智布老人接着说，现在生活条件好了，也都富裕了，村里干部多了，大学生也多了，学校有了，医院有了，养殖合作社也有了，可年轻人问题多，这是普遍现象，因此，我们村子还有新的“三戒”规定。当然，这个规定仅靠村里老人们是不行的，要村委会执行。

我问村委会主任，是什么规定？

主任说，老人们倡导，村委会配合，全村人一律戒赌、戒偷盗、戒抽烟喝酒。大家都在寺院里发过誓，不怕做不到。在寺院发过誓就可以杜绝一切？人性所有的恶皆来自贪欲，而信仰的慈悲恰好抑制了心灵的邪恶。倘若大家都有了这样的思想，那么我们就没必要担心现实带来过多的痛苦与烦恼。可尘世的众生太缺乏这样的信仰了，因而这样那样的要求，或许根本只是个幌子。

我就此也想到历史上的晒银滩。有关资料记载，著名的吐谷浑古城“浇川城”就坐落在尕秀东南面二公里处。浇川城始建于公元三百三十年，是由十六国时期前凉国击败浇川羌后，逼迫羌人在此山顶就地取材而夯起来的一座城，其地理位置南通蜀地，东通秦汉，北通熙河，是历代中原王朝与西部少数民族之间战争的缓冲带。可想而知，吐谷浑、鲜卑、蒙古、党项、羌、吐蕃等之间的战争从来就没有停息过。实际上，战争的核心仍然是领地的扩张和权利的集中。而千百年来的草山纠纷，何尝不是对放牧权的争夺呢？当初尕秀部落搬迁到晒银滩，大概也是因为平衡部落权利的举措吧。

东智布老人继续说，风气正了，任何事情都不是大事情。只有大家和睦相处，草原才会美丽起来。

村委会主任不失时机地打开他的手机，说，你看看，不是我们说大话，这可是国家司法部与民政部联合颁发的。有了"三戒"规定后，村里连吵嘴的人都没有了。

我接过手机一看，原来是一张荣誉证书的照片，上面写着——授予甘肃省甘南藏族自治州碌曲县尕海乡尕秀村全国民主法治示范村荣誉称号。

村委会主任接着又说，全州开展环境卫生整治，就是要改善生态环境、人居环境和发展环境，把尕秀村打造成全州环境卫生整治升级版样板村，我们是有信心的。

主任对文件的熟悉程度和领悟远远超出了我的想象。样板村，听起来多么洋气，多么富有诱惑性。可我看到的是四季轮回的牧场劳作，还有随牛羊来回转运牧场的情景。十几年前，当我路过晒银滩，看见的是红砖小瓦房，而此时，我看到的却是远比红砖小瓦房阔气的高原玻璃房，但依然看不到势如小镇一样的繁华与热闹。更多的时间大家都在牧场，而这样的样板村工程的意义何在？不敢妄加揣测，也不敢对此大胆地妄加评论，说脱离实际只是在麻袋上绣花之类的言语。

我走出小帐篷，抬头望着湛蓝的天空，深深吸了一口气。外面的佛事活动已经结束了，大家纷纷回到各自的生活当中。拉毛草大概也回去了，我没有看见她，可我看见和她一样的好几个女人，她们提着纤维袋，拿着火钳子，将草地上的垃圾一一捡拾起来。这是我见到的哪怕在城市也并不多见的情景，这样自发爱护环境的举动如果普及全国的大街小巷，那么我们就没有必要将"爱护环境人人有责"天天挂在嘴边了。

望着湛蓝的天空，我心里很复杂。大概是因为久居城市，而未曾见过如此湛蓝而清洁的天空吧。当目睹因环境而默默奋斗的众生时，我宁愿放弃一切猜想。因为我的确看到了人心的清洁，哪怕是短暂的，我的心灵就没有理由不温暖。

四

被巨大的风声惊醒，之后再也没有了睡意。看看时间，恰好是凌晨，小宾馆似乎在晃动。从床上爬起来，向外一望，朦朦胧胧的，过往的车辆稀少，也似乎听不见声音。小宾馆停车的场地上多了好几辆大货车，都用篷布裹得严严实实。我没有出去，怕被风刮走。他们都说，尕秀的风，从春刮到冬。看来的确如此。没什么奇怪的，尕秀地势平坦，群山在千里之外，高原上大地解冻，没有四起的朔风那就不正常了。

躺在床上，我再次想起拉毛草说过的话。

退牧还草政策下来后，短短几年时间，大部分牧场都被禁牧了，牛羊也卖得差不多了。定居的日子里的确是劳动少了，幸福多了，但心里还是不安稳。儿子工作了，女儿还在上大学，小铺子在七八月还是可以的。小宾馆也还可以，主要是跑货运的大车司机住。早年都是简易的土房子，政府帮忙修建了小宾馆，以后朋友会越来越多的。

一切要靠自己的努力。从头至尾，我似乎只记住了她这一句话。在尕秀的几天日子里，我走访过群众和干部，问题不是没有，观念与努力的程度决定了他们的幸福程度。任何事物都有它的另一面，政府扶贫政策的力度很大，但就个别人而言，却不是一件好事。每年四月，牧区青黄不接，尕秀人都想方设法为生存而谋求新的出路，但也有个别人坐等扶贫。鼓舞、指引和帮扶反而成了他们度过青黄不接的最后的底牌。不劳而获一旦形成习惯，那是十分可怕的。换句话说，扶贫滋生了依靠与懒惰。这样的扶贫恰如让没有见过广阔天空的人爬在井沿上望了一眼，继而又跌入漆黑的井底，没有出来的机会，也将彻底丧失奋斗的本能。所幸的是，这样的人毕竟只是少数。

全域旅游无垃圾示范区样板村的修建如火如荼。

政府对尕秀样板村建设可谓费尽心思，灶房、客厅、卫生间包括洗澡间都是一体化现代装修，让牧区人民一下步入城镇生活，已经不是空话。自古以来，农区靠田，牧区靠牧，这大概是对因地制宜最好的解释。当然，不是说这样的传统不能打破，我担心的是，牧场和样板村之间的矛盾怎么解决？全部定居样板村，仅靠政府扶贫？坐享其成？最关键的是，牧场怎么办？出路在何方？

拉毛草翻来覆去给我提起过卓玛草，我专门去找过她。和所有创业者一样，卓玛草的创业并不存在什么奇迹。

卓玛草五十多岁，是尕秀村普通的一个牧民，但她拥有较大规模的综合商店。很显然，她是村里的大老板。从最初的传统畜牧养殖开始，到尝试发展新办家庭旅社，再到综合商店，她的确比别人早迈出了一步。如果大家都朝这个方向发展，都有这样的思路，那么政府的扶贫政策就真能起到指引与帮扶的真正作用了。而事实呢？仅靠一种信念，勤劳与懒惰、依靠与独立、发展与停滞之间的矛盾能够调和吗？我不以最坏的心思去揣测人心，但在政府一味地大力扶贫帮扶下，就很难保证隐藏在人心背后的另一种可能了。

五

等我再次醒来时，天已经亮了，拉毛草没有送早饭过来。我来到外面，停在场地里的货车也已经走了。

拉毛草从小铺子里探出头，向我招手。

又下雪了。进入小铺子我说。

消了。都春天了，雪想坐也坐不住。再刮几天风，草就出来了。拉毛草一边说，一边给我倒水。

风大呀，你的小宾馆迟早会被刮跑的。我一边洗脸，一边说。

真的没有，那全是钢做的。她说。

钢做的？我说。

不信？自己去看。她似乎又要生气了。

我跑出去，才发现小宾馆真是用彩钢搭建而成的，难怪彻夜的风如此肆虐。

这样的房子牢靠，以后真要搬迁或扩大修建，也很方便。土房子砖头房子都没这个好，一拆就成一堆土了。拉毛草的谈兴又上来了。

你想得真周到。我说。

看——她用手指着对面的一处草地，兴奋地说，那些小房子都是我的，夏天你来就住那里。

对面草地上的确有几个尖尖的小房子。

可以住人？我故意问她。

专门住人的，专门给旅游的人住。拉毛草笑着说，也适合你这样挑剔的人住，村里可就我一家才有，政府给了项目，说盖成别墅，才会有人住。

我没说什么，因为我知道，尕秀距离尕海湖只二十多公里，距离郎木寺也就五十多公里，那里的住宿条件比她这里不知道要好多少倍，大概到她所谓的别墅里来过夜的游客屈指可数吧？

牛羊卖光了，以后怎么发展？我问拉毛草。

不是已经有了第二产业吗？她说。

我再次沉默。因为我没有十足的把握去断定她的未来，更不能在她干劲十足的势头上说些风凉话，毕竟观念的转变是十分不易的一件事。

拉毛草的想法很多，从早上到中午一直喋喋不休。

她还说，网通了，她知道了很多，想开个网店，专门卖风干牛肉，还想卖牛毛线，还想做酸奶。总之，还有很多很多。我不否认她想象的开阔，也不否认网络给牧区带来视野上的冲撞力。但是这里具备开网店的一切条件吗？

我不得不引开话题，我怕话赶到尽头，又惹她不高兴。

昨晚风真的太大了，整个房子都在动。我说。

她笑了笑，说，狼没进来就好。

哪有狼？我吃惊不小。

狼很多。她狡黠地露了下笑容，说，这几年政府不让打，全都保护起来了，半夜里，它们就会出来到处乱转。她说得轻松自如，然而我却流了一身冷汗。

吃完中午饭，我决定要离开。

拉毛草送我到车上，说，过几天再来呀。

我说，一定。但你要准备好风干牛肉。

过几天就有了。她说。

是的，一切源于几袋风干牛肉的交易之情，却让我对尕秀有了某种意义上的爱惜与担忧。我也决定再次来尕秀，住十天半月，也好见见半夜里出没的狼群，抑或是听听她突然冒出的众多想法。

车子沿公路缓慢行走，看不见遥远的前方——又起雾了。望着苍茫的草地与群山，心里的众多想象夹杂在一起，渐而陷入一片茫然之中。

无疑，政府的种种大力扶贫帮扶措施是有力的、有效的。草原上尕秀村的巨大变化不是明证吗？尕秀村在政府的帮扶下生发出来的信心、希望，乃至广大牧民群众身上焕发出来的热情、干劲的确很感人。然而我想，不能因此盲目乐观，更不能因此忽略像尕秀这样纯牧业地区扶贫攻坚任务的艰巨性与复杂性。从更长远地发展来看，如何解决牧民千百年来逐水草而居的生产方式、简单自然的生活方式与突然的定居、城镇化生活之间的矛盾？如何协调他们的创业冲动、创业热情与市场供需之间的关系？如何保护他们可贵的人生信念和淳朴的人性不被严酷的市场经济所污染、所异化？这一切可能是更需要我们关注和解决的主要问题。

远远的群山与草地接连一起，整个大地也似乎在顷刻间陷入迷茫之中。坐在车上，我的心思从未来渐渐转到了眼前。我又想起了拉毛草，她多像迷雾中奔跑的一匹小野马。当大雾完全散开，她看到的又将是什么呢？

2017.4 通钦街

少年记

一

颜文源最后一次到黑刺林捡拾枯枝的时候，还带着喜悦的神色。第二天，我们在村口的大石墩旁一直等到星星都落完了，他还没有出来。我们不住咒骂着，怏怏不乐去了学校。几日过后才知道，那天，他并没有到村口和我们会合，而是绕了个弯，回老家去了。

1992 年的冬天似乎比现在冷许多。下几场雪之后的好些日子里太阳总是羞羞答答遮遮掩掩，不肯大大方方出来。但我们从来没有怕过冻。几颗尚未成熟的心灵，在寒冷的冬天里，总因那些令人振奋的事件而变得格外火热。

村子叫堡子村，四周白杨林立。老人们说，村子原本不叫堡子村，而叫火焰村。哪年哪月土匪打家劫舍，于是大家就搬到山底的一条小河附近，并用红土夯起一座城堡，一晃就是好几辈人。堡子早已破败不堪，可四周的杨树一年比一年强壮。我们并不关心这些，但火焰山的确存在，因为上学必须要经过那里。

学校距离村子很远，翻过火焰山口，还要走好长一段路。老师说，我们还算近，所以不考虑住宿问题，而且还要我们上早操。

宿舍其实是一间小教室，里面是一张巨大的木板床和摆放整齐的一排煤油炉，还有许多黑乎乎的木箱子。晚上九点就熄灯了，巡夜的老师常把耳朵贴在门板上，几次教训后，一熄灯谁都不敢说话。

羡慕住宿生，当然是他们做饭的那一刻。煤油炉子一点着，淡蓝色的火焰就雀跃欢呼起来了。烧水、和面、切洋芋，各干其事，相互不说话。最让人流口水的就是炝油。他们先把勺子放到煤油炉上烤红，然后把切好的猪肉放到勺子里，等油炼好，最后才炝到锅里，响声十分清脆，连树上午休的麻雀都能惊醒。有时候，我们中午不回家，蹲在宿舍门口，巴望着能混一口，可他们从不搭理别人，只顾自己狼吞虎咽。我们一边从书包里拿出干透的馍馍，一边诅咒，把锅弄翻才好呢。

学校对面是一条小河，四周有高大粗壮的白杨树，一到冬天，河面就冻得死死的。要等到中午，才有很浅的一层浮水。上午最后一节课住宿生都要跑出去，用碟子刮舀浮水，舀不到浮水就意味着做不成饭。我们要在教室等好久，他们才会来。这段时间老师最仁慈，他在黑板上抄几道题，转身就走了。有时候我们也会使坏，故意擦掉些，下午自习课上看着他们挨板子，心里充满了前所未有的快乐。

星星还在天幕里眨眼的时候，我们就动身了。齐顺林是我们的首领，他不来，谁也不敢走，大家只好在村口的那个大石墩旁等。寒冬腊月天亮得迟，翻过火焰山口，星星还在闪烁。远远的，看着夜色下鬼城一般的学校，谁也不敢提前进去。

走，到河面上撒泡尿，让那些狗贩们喝。齐顺林发话了，于是我们趁着月色一口气跑到小河边，当啷啷的声音在寂静的清晨显得格外悦耳。

这天早上最后一节课我们也偷偷跑出去，在小河边看他们刮舀尿。没有看到想象中的情景，尿在河面上的尿早被几头牛犊舔得干干净净的。

二

周红梅是村里唯一读书的女娃娃，个头小，头发短，皮肤黑，眼睛大，经常穿一件枣红色棉衣。周红梅真不漂亮，偏偏学习好。老师的提问只有她能答上，我对她佩服得五体投地。坐在周红梅身后的是张德生，肥肥胖胖的，浑身充满力量，大家都不敢和他正面发生冲突。

张德生！贾老师偏偏喜欢叫他到黑板上背写单词。他慢慢腾腾走上去，单词一个都写不出来，却能把粉笔糟蹋好几根。贾老师飞起一脚，把他踢翻在讲台上。我没忍住先笑出声来，接着全都笑了起来。其实我也挨过贾老师的飞脚，全班也都笑过。

下课之后，张德生走到我跟前，二话没说，巴掌就放在我的脸上。

齐顺林站出来对张德生说，你有本事再打一下？

张德生挥了一下手，他的死党们立刻把我和齐顺林围在圈子里。那天，我的腿上掉了一块皮。班主任从来不会知道这些，双方也不会去告状，那样会让其他人说成是女娃娃。加之张德生闹事，其他同学更不敢去说了。

放学之后，我们都不说话，默默走着。快到火焰山口的时候，齐顺林突然问安红，安红，你是不是堡子村的？

安红小声说，是的。

齐顺林接着又说，今天你咋不出手？我看你不像堡子村的。

安红不说话，低着头，踢着脚下的碎石子。

我知道安红胆子特小，他见张德生双腿就发抖。齐顺林对安红不依不饶，一直盘问着。

哎哟！我故意叫了一声，接着蹲下身子。

咋啦？齐顺林转过头问。

腿子疼。我说。

裤子脱下来，我看。齐顺林的口气像个大人，连流眼泪的安红都惹笑了。

周红梅红着脸，说，别脱，拉起裤子就好了。

我的腿子上掉了一块皮，掉皮的地方血丝丝的。

周红梅问我，疼吗？从腿子上刮点皮屑，压在上面就不疼了。

真的吗？你咋知道得这么多。齐顺林一边问周红梅，一边从书包里取削铅笔的小刀。

周红梅说，家里人割破皮了就这么做的。

刮我的吧？安红擦掉眼泪，走到齐顺林跟前。

不用你的。齐顺林瞪了一眼安红，然后蹲下身，拉起自己的裤管，用小刀刮了起来。安红委屈地站在旁边，我也不知道该说些什么。

翻过火焰山口，远远地看见了村子。村子在夕阳里显得十分安稳，一股股幽蓝色的炊烟在上空弥漫着，和天边绯红的云朵搅在一起，慢慢又变成了铅灰色。树木整齐地站在村子四周，看不见巷道，也看不见出出进进的牛羊，只有那条小河弯弯曲曲伸向远方，像是被风吹皱了的白丝巾。我从来没有发现我们的村子有这样的美丽。

回到家之后，我偷偷爬到炕上，认真写字。我怕家里人发现，晚上连裤子都没敢脱。第二天早早爬起来，就去学校了。

安红每天起得很早，他在村口石墩旁等着我们。可齐顺林对安红的成见一直没有消除，他不发话，我和周红梅不敢过于亲近他。安红跟在我们后面，一直到学期的末尾，一直到另一件事发生。

上地理课的是一位年过五旬的老头儿，他不大爱管我们，一进课堂就滔滔不绝只顾自己讲，讲完之后就坐在上面，因而他的课堂总是乱哄哄的。这天破了天荒，他一进来就先布置了几个问题，然后背起手，在教室里转来转去。上课不到十分钟开始提问了，问了十几个人，谁都回答不上来。其实，这段时间大家都在私下里玩，很少有人去思考问题。当然谁都回答不上来的问题，也只能靠周红梅了。周红梅果然很利索地回答出来了，老头儿十分欣赏地夸赞了一番周红梅。周红梅回答完之后，刚要坐下，她身后的张德生却用脚钩了下凳子，没有任何防备的情况下，只听见“啪”的一声，周红梅倒在地上，接着全班发出哄堂大笑。

那天放学后，我们四人闷闷不乐地走在回家的路上。快要翻过火焰山口，齐顺林突然对周红梅说，你前面走吧，我们商量个事儿。

周红梅眨着眼睛说，还避着我？

齐顺林说，是男生的事儿。

周红梅哦了一声，就在前面走了。

等周红梅不见了影子，齐顺林才说，明天我约了那个狗屃，你们敢吗？

张德生？你约他了？我惊讶地问。

齐顺林说，嗯。我要让那个狗屃知道，堡子村的娃娃不是好惹的。齐顺林说完之后，又问安红，你敢吗？

安红定了定神，咬了咬牙，说，敢。

我们没有和张德生发生过矛盾，上次为了我，这次又为了周红梅。齐顺林是我们的老大，理所当然要为我们出头。可围在他身边的有十几个人呀，我们只四个。周红梅是女娃娃，不顶事，何况她根本不知道这件事。想着想着我就害怕起来，不知道明天如何收场？

父亲对我从来就是严厉的，他使劲用脚踢醒了我。外面还黑乎乎的，我翻了下身，继续趴在被窝里。

狗屃东西，一天尽不学好，做梦都玩呢。父亲嘀咕了几句，一会儿便鼾声如雷。

我梦见齐顺林被张德生打得趴在地上一动不动，安红也被打得满脸流血，我大声向张德生求饶，结果被父亲踢醒了。

那天中午，我们都没有回家。

齐顺林和张德生约的地方在距离学校很远的一个坡地里。我和安红跟在齐顺林后面，张德生和他的十几个死党气势汹汹，十分威武，一直跟在我们后面。我回头看了下，腿子都软了。

冬天的坡地并不是硬邦邦的，踩上去反而有些松软。到地方了，我们站成两排。我努力让自己镇定下来。齐顺林俨然是个大哥的派头，他双手叉在腰里，朝地上吐了一口唾沫，说，狗屃，你以为堡子村的娃娃是泥捏的吗？

张德生也朝地上吐了一口唾沫，说，你说谁是狗屃？惹你怎么啦？张德生用手指着我们，那样子比班主任凶多了。晃倒周红梅你有啥不服气？我还在她的凳子上放过图钉呢，你不服？今儿个整不死你们，我就是狗屃。

谁都还没有动手，当大家僵持着的时候，安红却慢慢解开书包，然后利索地取出一把刀，那是一把杀猪的长刀。他拿着刀，左右晃了晃，然后在自己的胳膊上划了一下。我突然两眼发黑，晕了过去。等清醒过来时，张德生他们早跑得不见了影子。

安红，安红。我大声喊着。

安红和齐顺林坐在鼹鼠打出来的土堆上，嘿嘿笑着。

不疼吗？你胆子可真大。我拉着他的胳膊说。

没事儿，只是划破了棉衣，我在里面垫了很厚的纸板子，你看。安红指着丢在地上的纸板子，又说，我昨晚在草房里换了旧棉衣试了几次，有把握。

看着丢在地上的纸板子，我开始佩服安红。

齐顺林站起来，在安红的肩膀上捣了一拳，说，安红，你娃果然是咬狼的狗。

安红笑着说，还不是为了不让你们开除我嘛。

齐顺林也笑了笑说，啥时候开除你了嘛。

安红的英雄气概在瞬间消失了，他又变得委屈起来，说，你们在前面，我跟在后头，翻火焰山口的时候，心里害怕得很。

以后谁也不能丢下谁，堡子村的娃就是一股绳。齐顺林说完就伸出胳膊，我们三人紧紧抱在一起。

事情过去一周多，我的心里时常想着那天的情景。而张德生对这件事情全然像没有发生一样。其实我也特佩服他的定力，但我真不知道他是不是酝酿着更令人惊心的阴谋呢？

这天课外活动，齐顺林把我和安红拉出去，啥都没说，给我和安红每人一块糖，是我没见过的那种，淡黄色的纸皮上写着高粱饴三个字。

齐顺林说，还有一个，留给周红梅。

哪儿来的？我和安红不约而同地问。

那个狗㞞给的，他说让我们千万不要把那件事情传出去，那件事情如果让其他班知道了他会羞死的。

三

张德生在班上彻底失去威信是秋季开学的前半学期，却与我们无关，对于那件事情我们的确是做到了守口如瓶。

开学第一天，打扫卫生已经成习惯了，谁都不会有意见。打扫干净教室，然后是区域卫生，搞完之后，就可以回家，住宿生还需要把宿舍收拾整齐。班主任宿舍搁置了一个假期，到处落满了灰尘。平常很少去班主任的宿舍，除非是交作业，就算去了，也是不敢抬头乱看。我们和张德生被班主任叫去收拾宿舍，大家的心里或多或少都有点不情愿，可谁也不敢说啥。可恶的是张德生在我们刚扫好的地上撒了一泡尿。班主任在操场里闲转，当然不会知道。三天过后，张德生就出名了，并不是因为在班主任的宿舍撒了尿，而是在厕所抽烟，让其他班的学生偷偷告到班主任那儿了。

那天中午放学，班主任让张德生站在全校学生面前。我再一次佩服张德生，他竟然没流一滴眼泪，也没有吐半个不字，当着全校学生的面，把半盒烟嚼碎，咽到肚子里去了。全校学生都看着，校长还训了话。那次给我的教训比课堂上所讲的所有行为教育都要深刻。

张德生虽然犯了错，但他在班级里的位置依然是别人无法替代的。我们隔三差五有糖吃，对于他的行为并不在意。

这天，班主任来到教室，安排秋季运动会的事情。他说，长跑就让给走读生，百米让个头小的跑，跳高让个头大的去完成，拔河嘛，我们班好像从来没得过奖。

张德生站起来，对班主任说，老师，力量可以锻炼出来吗？

能，当然能。班主任笑着说。

那我们班一定能得第一。张德生说完就坐了下来。

有把握？大家有没有信心？班主任依然笑着。

有信心。全班同学回答。

运动会的时间越来越近了，这段时间学校没有统一组织上早操，各班在操场画好地点，要么练习队形，要么训练跑赛。

这天下午放学之前，张德生站到讲台上对大家说，从明天早晨开始，我们要训练力量，大家要早早来，到操场边集合。

第二天，上操铃声还未响，我们就来到操场。张德生手里提着一条很粗的大麻绳，说，看清楚了，我们的竞争对象就是它。

啊？大家都很吃惊。

只要把它拉动了，那其他班级还用说吗？张德生指着操场旁边那棵粗大的白杨树，认真地说。

不会是真的吧？大家都起哄。

树不动，我们怎么和它拔呢？有人问张德生。

张德生说，你拔它，它不就动了吗？

大家都笑了起来。

张德生把大麻绳的一头拴在白杨树上，然后让我们拉着绳的另一端，他站在旁边，声嘶力竭地喊着，先稳住，稳住，预备——一二——加油，一二——加油。他双手像推舟一样，指挥着。

声势浩大的加油声顷刻间把全校师生都引了过来。班主任见我们和白杨树拔河，紧皱眉头，几欲批评，然而又在瞬间哈哈大笑。我们的力量都用完了，可白杨树还是没有动，甚至连枝条都没摆一下。训练了好些日子，后来班主任说我们的力量足以拔倒其他班级了，他让张德生把麻绳带回家，再不许带到学校来。当然了，真正的运动会拔河比赛中，我们班依然弱不禁风，败得一塌糊涂。班主任没有怪罪大家，学校也给我们班发了集体荣誉奖，张德生同学特别受到班主任的夸赞，说为集体的荣誉做出了自己应有的贡献。其实在这一点上，大家的意见是一致的。然而对张德生同学的行为成见，却又各自保留在内心深处。

轰轰烈烈的运动会很快就结束了，大家的心思也渐渐回归到正常的秩序当中。

张德生的吸烟事件还没有在大家心里完全遗忘，另一个消息像炸弹一样在校园里炸开了。消息是初一五班传出来的，说张德生在中午趁大家没来的时候在五班教室偷东西，是让提前到校的几个当场抓住了，还说张德生给他们磕头求饶。张德生在班上的威信一下子失去了，他的威严和跋扈也消失殆尽，整天坐在教室里，不说话，也不出去玩。大约过了两周，他的父亲来找班主任。之后，他再没有来学校。听他同村的说，张德生跟他父亲去大沟山挖矿呢。我一直在想，他偷东西是不是和那些糖有关？如果真和那些糖有关的话，张德生的退学我们难辞其咎。

张德生退学之后，齐顺林在无形之中替代了他，不同的是全班再也没有分帮派。

四

冬天渐渐来了，树叶被时间之手一片一片摘得尽光。地面蒙着一层薄薄的霜，大地显得格外干裂。阳坡处遗留下的麦粒刚刚出土，就被冬天封存起来。起风的时候，田野里的呼声更加激烈，让人心里发毛，树干吱吱地叫着，像在悲泣，又像在疯狂地舞蹈。我们翻过火焰山口，远远望见了村子，没有了绿树如荫的点缀，村子显得有点破败。大人们成天不出门，巷道也变得冷冷清清。中午时分，大人们才陆陆续续出门，在阳光暖和的旮旯里聚成一团。星期天，我们也会挤到中间，听他们说些有趣的事儿。说到有趣处，我们跟着大笑。说到半夜敲门的那些破事儿，我们觉得很无趣，于是就离开了旮旯，或去地里烧洋芋，或去河里滑冰。

冬日的天总是亮得很迟，走到学校的时候月亮还在头顶。这段时间大家比任何时候都齐心，尽管如此，每当走到火焰山口，心里总是发毛，因为走到山口，就会想起老人们说的打家劫舍的土匪来。

期中考试结束不久，班里新转来了一个同学，叫颜文源。张德生退学了，这个颜文源刚好填补了空缺。颜文源坐在周红梅后面，不大说话，显得很腼腆。下午放学，颜文源跟在我们后面，我们都觉得很奇怪。村子里的魁梧哥在我们前面的一个土疙瘩上蹴着，见我们过来了，他站起身，拍拍屁股上的土，笑盈盈地说，放学了？

魁梧哥，你在这儿干啥呢？我问他。

这不是来接你们吗？魁梧哥笑嘻嘻地说。

颜文源是你家亲戚吗？齐顺林问他。

你猜猜？

肯定是。今天他刚来，你就出现在这儿，我说他怎么跟在我们后头呢。

他是我家钟玲的小舅舅。魁梧哥说，以后就一起上学，明早我就把他送到你们集合的地方，好吗？

那有啥不好，他又不是小孩子。齐顺林说。

原本我们先想考验考验他，看他随不随我们。可当我们依次出现在村口的那个大石墩旁时，魁梧哥早就带颜文源等着我们。魁梧哥手里拿着用胡麻草扎成的火把，抡一下，忽地火就着起来，不抡的时候青烟直冒，但不会灭。我们忘记了考验颜文源的计划，接过火把，快乐地向火焰山口奔去。

胡麻草在整个村子来说都是稀罕货，哪有我们扎火把的。魁梧哥的胡麻草火把给我们带来了欢乐，也带来痛苦。用麦草扎火把，一来着得不亮，二来容易灭。可我们真找不到多余的胡麻草。我们都把所有的怨气归到魁梧哥身上，也想到拿颜文源出气，而颜文源偏偏百依百顺。这天放学路上，周红梅嗫嚅着说出了一个令人振奋的消息。她说上周末帮她二妈捆胡麻草呢。

齐顺林的眼睛里突然闪现出诱人的亮光，他问周红梅，放在哪儿呢？

在大场里，麦子垛旁边。周红梅说。

好不容易等到了星期天，吃罢中午饭，我们到提前约好的地方，假装追麻雀。大场里码着各种垛子，我们很快就找到了她二妈的胡麻草。沤好的胡麻已经失去了淡黄的色彩，麻茎变成了银灰色，迎着太阳看，那茎秆外表长满了细小而黑色的斑点，用手轻轻敲打几下，便飞出黑色灰尘。我们多少有点失望，但还是商量好了具体的行动方案。

星期一我们起来得很早，在石墩旁集合以后，便直奔大场。月光很轻柔，树木、房屋、土墙，都像罩了一层薄纱。远处的一片片土地好像睡着了似的，显得寂静而神秘。齐顺林和周红梅站在路边放哨，我和颜文源、安红去偷胡麻草。一切都很顺利，当我们抱着两捆胡麻草跑出距离村子很远一段时，前后只用了二十分钟。几个人乘着月光坐在大路边喘气，丝毫感觉不到寒冷。那些偷来的胡麻草被我们用事前准备的线绳子扎成火把，照着去了学校。中午放学，看着山坡上被点过的一摊摊黑乎乎的衰草时，齐顺林兴奋地大声喊着，“野火烧不尽，春风吹又生”。

接连偷了好几次，完整的胡麻草垛子已经深深陷进去一个大洞。我们把旁边的麦草塞进洞里，然后拆散一捆胡麻草，将塞进去的麦草掩盖起来，但还是被周红梅二妈发现了。

这天早晨，我和颜文源、安红刚进入大场，还没走到胡麻草垛子前，就被她抓住了。齐顺林和周红梅在大路边，他俩没有跑。周红梅二妈手里拿着很长的棍子，像赶牛一样，把我们五个赶到学校。一路上周红梅二妈不断骂周红梅，说她把贼往自家里引，吃里扒外，不是好东西。

提心吊胆整整等了一天，班主任并没有叫我们去谈话。其实周红梅二妈把我们赶到学校后，就回家了，她没有给班主任告状，但她告诉了家里大人，制止了大家玩火的野心。当然我们也没有逃过家里人的打骂，那以后周红梅再不敢参与我们的任何行动了。

冬天越来越深，天也越来越黑，出于各种原因，周红梅住在了她亲戚家，走读的只剩下我们四个。

我们感到日子越来越单调了。

五

村子一到腊月就显得热闹起来，虽然听不到鞭炮声，也还闻不到年味的香甜，但那种氛围已经悄悄弥漫开来。我们天天盼望着学校早点放假，那样就可以到大场踢毽子，打蚂蚱。日子像磨铁一样慢，大家都少了平日里的欢腾，多出了沉默寡言。

有人家要准备娶新媳妇，也有将女儿嫁到远方的，收拾房屋，准备迎接新的一年的到来。所有这一切都免不了要将喂养一年的猪宰掉，这是我们最为盼望的。宰猪那天，大家都会找各种理由，拒绝去学校。因为那天不但能吃到肉，还有猪尿泡玩。屠家大多都是本地人，平日大家都很尊敬他，我们更是如此。猪宰好后，先要放到开水里烫，烫好后，大人们便开始拔毛，而我们也跟着拔，我们只拔鬃毛。拔好的鬃毛要捋齐整，然后用橡皮筋扎起来，等待远方的货郎来。货郎一来，家人就用猪毛换花椒，而我们就用鬃毛换彩色的豆豆糖。

屠家在宰猪那天是最威武的。众人把拔光毛洗干净的猪吊在屋梁上时，他就把袖子挽得高高的，用大拇指刮刮刀刃，开始开膛。开膛破肚的瞬间，我们都躲得远远的，不是怕，而是那股味道实在受不了。心肝肠肚取出后，就剩尿泡了。这时候屠家往往会刁难我们，让我们给他点烟，或是叫大爷。总之，折腾够了他才把尿泡割下来扔给我们。得到尿泡，我们就飞一般跑到大场去。先是倒掉尿，用脚使劲揉，然后找个竹筒吹圆尿泡，直到踢破方可甘心。

踢尿泡的快乐时光也就那么几天，剩下的依然是无穷的单调和枯燥。

齐顺林最近好像不大愿意当我们的老大了，放学后，一个人孤独地走在前面，不愿和我们同行。

我听到周红梅要随她舅舅去县城读书的消息时，心里也有种说不出的难过。整整七年时间，大家朝夕相处并肩翻越火焰山口，她怎么说走就走呢！很显然，齐顺林早就听到这个消息了。安红和往昔一样，还是柔柔弱弱的，他对周红梅的即将离开没有任何反应。颜文源和我们交往的时间不长，当然不会理解那份情感里深藏着的微妙的东西。

再两周就要放假了，周红梅始终没有坚持到底，在我们没有任何防备的情况下离开了学校，跟她舅舅去了县城。我在心里不止一次咒骂过她的绝情。事实如此，至少她可以和我们道个别，那样彼此心里或许就少了那份没有必要的失落。

六

新的快乐的日子又开始了。安红说，他爸爸在火炉上烤了肉，可好吃了。于是我们又开始筹划烤肉的事情。放学回家要经过黑刺林，黑刺林里的酸刺很稠密，掉在地上的枯枝也很多。我们为了烤肉的伟大计划，根本不怕扎。四人捡拾了很大一堆，然后用柳条捆起来，抬到很远处一块坡地里。

因为偷胡麻草的事情受到家人的打骂，大家都心有余悸。肉要偷，不过这次是偷自家的。一放学我就钻到挂有肉的那间屋子里认真观察。那间屋子没有人住，但有炕。踩在凳子上，我依然够不到挂在屋梁上的肉。我把一个旧的木箱搬到炕上，凳子放到木箱上恰好够着。一切准备妥当之后，就趴在炕上写作业。

大家如期而至。齐顺林说，都到手了吗?

到手了。我和安红说。

颜文源，你呢？齐顺林问。

也到手了。颜文源说。

当我们风风火火赶到存放枯枝的那块坡地时，月亮还没有落山。干透的酸刺着起来十分明亮，没有松枝那样的噼噼啪啪声。大家把肉穿到准备好的铁丝上，撒上盐和花椒，寂静的夜空里肉在火焰上发出哧哧的声音，一会儿工夫，香味就出来了。顾不了太多，烧焦的，没有熟透的统统被我们吃到肚子里。

偷了几天肉，家里人似乎发现点什么。母亲说，挂在梁上的肉可能让猫盯上了。她说着就把我辛辛苦苦搬来的木箱子挪到另一边。我看着，可不敢说什么，只是心里叫苦。

齐顺林和安红的情况大致和我一样，只有颜文源不说话，我们也不好问。

离放假的日子越来越近了，说不出是高兴还是担忧，因为怕考不好，既要受班主任的批评，又要遭家人的惩罚。但我们穷尽办法，还是商量好要偷最后一次，算是学期末对自己的一次犒劳。

中午放学后我们没有回家，在黑刺林里捡拾枯枝。

齐顺林问颜文源，你能偷上吗？

颜文源点了点头说，没问题。

母亲搬走了木箱，炕上所有的杂物都被收拾得干干净净。看着高高挂在屋梁上的肉，我再也想不出办法来。第二天在村口大石墩旁会合的时候，齐顺林问我们，都弄到手了吗？

没问题。安红说。我没有开口。

齐顺林捣了我一拳说，哑巴了？

想了好多办法，还是没成。我小声说。

齐顺林和安红都没说话，我们等着颜文源。

星星都快落完了，颜文源还是没有来。

颜文源那天没有来学校，就算肉没偷成，也不至于不来学校呀。第二天，第三天，甚至到期末考试，他都没有来。

这天，我刚走到巷道口，就看见母亲拿着搅火棍站在门口。她见我走到门口，啥话没说，就在我腿子上狠狠抽了几下。不知道犯了啥错，我顾不上想，飞一般向村口跑去。很晚了，我才偷偷回家。母亲气也消了，她在锅里留了饭，我胡乱吃了几口，悄悄睡在炕上。

夜深了，母亲和父亲还在说话。我轻轻拉开被子一角，认真听着。

母亲说，魁梧他妈也怪，都那把年纪了，说那干吗。

娃娃们的事情最容易扯到大人身上。父亲说。

偷点肉算啥呀，现在又不是旧社会，谁家都不缺那点肉，她干吗说人家呢。母亲又说。

唉，这些贼剁的尽不学好，成天想着乱七八糟的。也不知道是谁出的主意。父亲叹了一口气，继续说，冬天到处是草，万一惹出啥祸就不得了了。又是偷胡麻草，又是偷肉，肉块子掉下来砸死了怎么办？

也是呀，魁梧妈说，她半晚上听见那么大的响声，都吓坏了。幸好还没砸着娃娃。母亲说。

父亲又说，那给娃娃不就成了吗？亲戚娃娃脸皮薄，伤的可是魁梧媳妇的面子呀。

谁知道她怎么说了，魁梧媳妇去娘家好几天了，魁梧叫了几次，都没有回来，说是为点肉断送了人家娃娃的前程。母亲接着又说，那话有点严重了，她们婆媳俩矛盾深着呢，这下是让人家抓住把柄了。

不就是闹着要分家吗？你说现在的媳妇也怪，分开有啥好呢？父亲停了一会儿，接着说，这次怕是真要分家了。

我听了一会儿，终于明白了那天早上颜文源没有来的原因。我轻轻拉起掀开的被子角，于害怕中渐渐睡着了。

实际上颜文源那晚偷肉让他姐夫的妈发现后羞愧难当，所以没来村口会合，直接回老家了。对于这件事情，村里说啥的都有。最关键的是魁梧媳妇，她哭着到处给人说，给弟弟点肉都没权利，还算这个家的人吗？魁梧妈更是有口难说。魁梧媳妇一直没有回来。魁梧在分家的事情上始终站在他爸妈这边。第二年清明过后，魁梧和他媳妇离了婚。村里人的说法依然很多，但也就那么一阵子，过后边再也无人提及。

春季开学的前几天，我、齐顺林、安红我们三个专门跑到那块坡地，那捆没有用上排场的枯枝早被人背走了，只有一堆黑的灰烬留在那里。

春天来了，风依然那么粗犷。上学的只剩下我们三个，然而大家都似乎提不起精神来。被冻僵的田地开始醒了，踏在上面感觉很松软，大路两旁的席箕草贪婪地享受着阳光的沐浴，一转眼，它们就会抽出尖尖的头来。过不了多久，田地里的豌豆也会扯蔓，开出鲜艳的花朵，结出诱人的豆角。我真不知道，接下来还有哪些事情等着我们。也不知道，还有哪些祸端等待着让我们去挑起呢。

2015.1 通钦街

2015.9 当周街

漫游记

一

和朋友约好要去色达——这个并不炎热的夏天，我一直在通钦街口等他。夏季到了末尾，他还没有来。在尘世，许多不曾想到的事时刻发生着，在电话里，他平静而祥和的语气中满带遗憾。我也就此放弃去色达，但并没有打消去草原的想法。家族很早以前都在草原上，所以我放不下草原，只有在草原上，才能感受到生命的自由和奔放，于是我只身去了遥远的草原。天阴沉沉的，太阳躲在云影里不肯出来。我的一脚踩着川主寺、松潘古城、九寨沟，另一脚踩着瓦切、红原、马尔康，双手指向川青线上的阿坝、达日、甘德、果洛……

公路在草原上像光芒四射的虹，把大山和茫茫草原阻隔地两地瞬间相连。四川、甘肃、青海的物产在这里相互交换，互惠互利。灰色的云渐渐变成片片绯红，蓝天露出了脸，路边牧人的帐篷和经幡又在眼前绚烂起来。帐篷前竖着酸奶、虫草、骑马的大招牌，选择以商辅牧已经成了牧民的另一种生活方式。我的朋友久美就在这里。久美是四川阿坝人，他一边放牧一边在草原上开商店，这样的日子已经好多年了。

和久美见面是很难的，这几年久美无论在牧业还是在生意上都很顺利，他有了自己的车，来回奔跑更加方便。认识久美的时候，他正值壮年。记得那年他们一家不远千里来甘南草原听经，我给他们拍了好多照片，并寄了过去。收到照片后他给我来电话，言辞里充满了感激。就这样来来往往，我们成了朋友。期间我去过几回阿坝，可他再也没有来过甘南。

久美比前些年壮实了许多。我们坐在一起，他不大说话，但说起“草原人家”住宿点，他的话匣子就打开了。他说这是响应政府发展旅游业的号召，在草原上设点为游客提供方便，既赚钱，也算念嘛呢（是牧民群众每天必需的功课和精神生活的一部分。一般牧民随身都带有念珠，一有空闲就数着念珠念嘛呢，为众生祈祷幸福）。草场承包到户了，每年都要严格谋划，根据草场面积和牧草长势留下合理的畜群，其他全部出栏。幸亏道路通畅，我既为游客提供了方便，也增加了收入的机会。

久美还说，夏天他几乎不去牧场，就喜欢天天看着公路。看着公路上来来往往的车辆穿梭不停，心里就踏实。

路能帮助大家找到香巴拉，也是因为太多的人向往那仙境，所以路上才有那么多灵魂和白骨。久美重复着又讲起他爷爷的故事来。

阿米曾经在茶马古道上做过背夫。马帮从四川雅安出发，经飞仙关，走天全，出禁门关，翻二郎山，过泸定，至康定，到西藏，然后把丝绸、布匹、茶叶、盐巴等东西驮回来。立起家业多不简单呀！

阿爸继续跟马帮穿草地，过雪山。直到有一年，同伴们把阿爸的马赶了回来。马上驮着小镜子、桃木梳子、手电筒、砖茶……唯独没有驮回阿爸。

阿米常说，去了禁门关，小命交由天。阿爸把命就交给那条艰辛的道路了。

听说要修路，无论在哪儿修，阿米总是要捐些钱的。在阿米心中藏着无数马帮和背夫无路可寻，或遇到劫匪时的豪壮勇气和血泪情仇，也装着他们勇走天涯的无穷疾苦。

久美说起阿米的故事，往往是最动情的，他黝黑而深邃的脸颊上总会挂着泪珠。

正说话间，帐篷外有人大喊，剁脑壳的！

久美既惊喜又羞涩地笑着出去回了一句，挨千锤的！

这样称呼彼此，我是第一次听。我问他们，他们互相望了一眼，呵呵笑着，不给我解释。

也不给我来个电话。久美有些嗔怨。

那个大笑的女人说，路这么好，我想来就来了。

久美已经结婚了。当年他和我一样，只是个青涩少年。想不到短暂的几年光阴，大家都拥有了新的责任。有责任是温暖的，这份温暖和责任或许才是我们执意寻找香巴拉的真正源头。

午后时分，我离开久美的帐房，随他的妻子去了另外一片草原。

久美知道，我不是单纯来看他的。我要去深处的草原，寻找我要寻到的那些事物。

二

到了久美那边的牧场，我又见到了阿依[①]，和那年在甘南见到的情形一样：头发雪白，脸蛋泛红，满带慈祥。我给她拍过好多照片，她一见就认出了我，并用熟练的汉语问我家里的情况。

阿依不大习惯和久美住，一来不太方便，二来久美喜欢东奔西跑，按阿依的说法，久美是不安分放牧的孩子，是她心里的敌人。所以她和久美的妻子住在另一片牧场上，但她没有忘记久美，问长问短，全和久美有关。这片草原距离久美的住处相隔不是太远，然而这片草原相对安静点，住牧场的人不多，牛羊也很分散，帐篷更是星星点点。

阿依从一个小帐房里弓着身给我拿来糌粑和酥油，然后坐下来和我说话。

草原上失去领地狗以后，人的麻烦就多了。她一边说一边用宽大的袖筒擦了擦眼睛，你看，这儿一群，那儿一帮，很难分出是谁家的了。

才发现，东一片西一片草地上的羊身上都涂满了红的、黑的、绿的、

① 阿依：藏语，奶奶。

蓝的不同颜色，草原看起来像一张五彩缤纷的花毯子。

阿依继续说，整个乱了，羊群不听人的使唤，像天上的星星一样，吃饱也不扎盘。

我一边吃着酥油糌粑，一边认真听阿依的讲述。

那时候，草原上狗很多。阿依取过她的经轮，边摇边说，狼群轻易不敢进栅栏，就算骚羊，也不敢随便进入别人家羊圈。早晨一打开栅栏，就不用人操心。领地狗在自家草原四周尿一泡尿，羊啃草啃到那儿就会自动回首。别人家的羊啃到那儿，也会自动调头的。都让那帮土匪给害了。阿依说到这儿，便深深叹了口气。

土匪？草原上现在不会有土匪吧？

不是吗？狗都让他们给悄悄贩光了。阿依说。

他们贩光了狗？我还是没有明白。

阿依说，挖矿的那帮土匪！草皮被破坏了，山都掏空了，这也就算了，可你说他们不好好挖矿，倒打起狗的主意来了。

我似乎明白了一些。这里发现大量的金矿以后，的确驻扎了许多工程队。

阿依说，他们成天在草原上转悠，是防不住的。

我算是明白了，同时也想起人们热议的贩狗潮，可人家贩的都是藏獒呀！

迷药、迷枪、麻袋，他们用尽各种办法。阿依说到这里便不住擦眼睛，草原上出了内贼，要不他们也很难下手的。现在草原乱了，人不如狗呀！

阿依所要说的远远不止这些，也远远不是我所听到的这些。草原很显然已经失去了它最初的清洁和淳厚。当然，社会环境的变化无孔不入，人心在这样的环境之下，怎么能够保持住最初的那份本真呢。

领地狗的领地意识很强，一只狗能看好大一片草原，人怎么能做到呢？况且，领地狗被贩卖后，失去生存的领地，它的领地意识就会渐渐丧失。这不是绝种是什么？

其实大家都没有看到，当草原变成花地毯，领地开始出现混乱的趋势，战争就不远了。可惜更多的人只看到利益，不会想那么长远。人只会给自己制造烦恼，烦恼也是因为利益所驱动。这期间的复杂关系怎么能说得清楚？

住在阿依坚守的那片草原上，好几天时间里我都开心不起来，心里装满了阿依的那句话，人不如狗呀！

三

离开久美的另一座帐房，带着阿依做好的酥油糌粑，走着想着，我已经从南边的草地漫游到了空旷而辽阔的玛曲草原上来。

几间空心砖垒起来的低矮的房子，四周挂着的哈达和经幡的颜色早已脱落，似乎有了好多年。房子左右两侧是用松木板扎起的一排排栅栏，栅栏里圈着牛羊……这方极为简陋的领地就是朋友的冬窝子。平日他们几乎不来这儿住，只有转场的时候才来，带上常用的生活器具，然后去别的地方。几只牦牛拴在栅栏边上，背上已经驮满了家当。三个脸庞黝黑的男人还在继续捆绑东西，我远远向他们打招呼。藏獒飞奔过来，在距离我不远的地方狂叫着。戴着毡帽的那个男人站起来，大声呵斥着藏獒。

戴着旧毡帽的那个男人就是我朋友贡巴，他们正在准备转场。高原上的夏季来得晚，这会儿他们要到高山牧场去放牧。另外两个是贡巴的朋友——拉毛扎西和阿班，他们在同一个牧场住了好多年，亲如一家。草原辽阔无边，但不允许你单枪匹马漫游。多少年来，他们踏遍雪山和草地，随牛羊东西漂泊，被狼群围堵却是常事。随草场承包和适度放牧制度的不断深入，牛羊渐渐少了，狼群也不见了影子，草原相比都市，显得十分孤独而寂寞。尽管如此，放牧的时候他们还是不愿过于分散。

贡巴以前是民办教师，由于他阿爸去世得早，牛群发展又快，他不得不回家帮母亲和妻子放牧。拉毛扎西和阿班就在临近的牧场，是来帮贡巴转场的。贡巴说，他和妻子要离开贡赛尔喀木道，一直到深秋才回来，冬天再转回冬窝子。离开贡赛尔喀木道要经过一座海拔四千多米的山口，那里的风非常凶猛，需要朋友帮忙堵截大群牛羊，送过那个风口他们就回来。

贡巴以前没有说过转场的事情。

山口的风有多厉害？我问他。

他憨厚地笑了笑，慢慢给我说。

四千多米的山口，夏天也冷得令牙齿打架，人骑在马上随时都有刮下来的可能，此时如果没有很多人围追堵截，牲畜就会顺着风跑，不会沿牧道走。牛犊和羊羔要夹在牧群中间，否则就会被刮跑。风来的时候往往会夹带着雷鸣闪电和倾盆大雨，十分吓人。牧群滞步不前，这时候就需要将牛羊收集在一块儿，等大风大雨过后再走。转场人太少是不行的。雨特别大的时候，我们只好取下牛背上的帐篷，各抓一角，遮掩在头顶上，要蹲下身子，不然会被大风带着飞起来。一旦飞起来乱石堆就成了墓地，不用举行啥仪式，全尸都保不住。

贡巴讲得绘声绘色，我听着，浑身都起了鸡皮疙瘩。

贡巴看了看我，微微笑了下，继续给我说夏季转场必须经历的一切。

身子紧贴草皮或石头，钻心彻骨地冰凉。高海拔感冒了可不是闹着玩的，肺气肿、咳嗽吐血、血压突增、呼吸不畅，随时都会要人命的。

贡巴给我讲他们的经历的时候，拉毛扎西和阿班也放下了手头的活，和我们并排坐下来，争先恐后说着。

他们的讲述是极其轻松的，从他们身上你看不到有丝毫恐惧感。那是怎样的乐观和豁达？数百年来，他们在高原上生存，没有逃离，也没有选择新的高地，如此坦然地面对生活，你不敬畏？或者，没有任何感触？

贡巴接着说，那些小碎石被风刮着到处乱跑，互相碰撞，发出嘎啦嘎啦的声音。那次我们看见了一只长得跟石头一样颜色的老鹰，展开巨大的翅膀，迎风而立。刚开始以为它受伤了，要不然它不会在如此大的风雨中驻足。牧民视鹰为神明，我们想帮它看看是翅膀受伤了还是腿受伤了。靠近它的时候，才发现它的羽翼下是一对乌亮乌亮的小眼睛。小鹰在石头上冻得瑟瑟发抖，要是没有那双大翅膀它们早就让风刮跑了。我们用帐篷替老鹰遮挡一会儿风雨，可是老鹰受到惊吓，不住地鸣叫，并用翅膀严严实实护住两只幼子。经过努力我们还是把老鹰一家遮掩在帐篷下，直到风雨停歇。鹰的眼睛里布满了柔情和慈悲，那情形能把血性男儿的心融化成春水。

贡巴接着又说，可能是老鹰正带着孩子们练习飞翔呢，没想到风雨突然来袭。

拉毛扎西说，时候不早了，我们上路吧。佛祖保佑，但愿今天山口的风睡着了。

贡巴和阿班随和着说，嗷赖[①]，大风睡着了！

贡巴没有告诉我山口的风到底有多厉害，可我已经知道了。草原上的牛羊、牧人、马匹、格桑花、雄鹰、石头，它们都被大风一一吹过，它们与风一样都是自然之子，都在高原上领受苦难和寒冷的馈赠，但却更懂得慈悲和爱。这个世界最强大的大概也是慈悲和爱了，也似乎只有慈悲和爱方能战胜一切。可是，生活在大地上的众生恰好忽略了慈悲和爱，那颗充满了私欲和占有的心灵，怎么能够抵御如此强悍的风雨呢！

夏季山口的风雨虽然奇冷无比，但我听到或看到的却是蕴藏着无限暖意的草原。大多数人一提起草原，心怀里全是蓝天碧草的浪漫和天马行空的自由。其实，草原潜藏着的更多的则是艰辛与酸楚。能够懂得，且坚强活着的人一定是幸福的，他对生活肯定有着更为深邃的理解，对生命肯定有着你意想不到的感悟。也只有那样，生活回馈于他的才是真实的纯粹和洁净，生命给予他的才有真诚和感动。

我问贡巴，草原生活这样艰辛，还想回去当老师吗？

他说，草原上的家人和牛羊更需要一个男子汉，把辛苦全交给女人，不是草原男人的本色。

我想，一个没有经历过，或不懂得生命意义的人，这样坚定的话是不敢说出来的……

---

① 嗷赖：藏语，表示肯定的语气，相当于是。

目送着转场的朋友和牛羊，我坐在车上喃喃自语，今天天气这么好，不会有风。

四

我决定要去玛曲县阿万仓政府以南的贡赛尔喀木道湿地。贡巴虽然去了高山牧场，但我还是想去那儿。因为对草原的爱恋和难以名状的向往，也因为那份源自久远年代里对家族生活状态的探寻。

夏季的贡赛尔喀木道[①]风景优美，河流回环；湿地与湖泊辉映，雪山与黄河并存；北方大地的阳刚之气与江南水乡的清柔之美融为一体，是探险家、摄影家、文学家的理想之地。也是因为它具备了北方和南方相济相柔的特点，所以，贡赛尔喀木道也成就了玛曲县旅游业再度开发的可能。

阿万仓在正北，它具备城市和牧区共有的特征。茫茫草原上是两排三层平顶，四周是密密麻麻的瓦房。饭店、书店、蔬菜店、裁缝店，银匠铺、铁匠铺、修理铺、百货铺，汽车、摩托、马匹，还有卧在阳光下看守家园的藏獒。牧人的房子挨挨挤挤掩映在草丛之中，一群牦牛在附近的草滩上徜徉，羊群在更远的地方扎盘……这里有来自四面八方的生意人，当地牧民大多也是一边经商一边放牧。千年岁月让房屋与人和自然有了农耕式或田园般的默契，安恬闲适，不争不闹。

不远处就是寺院，长长的经房四周转经的大多是老人，他们缓慢悠闲，脚步和心灵合二为一。是年老了，再没有精力与风雪和狼群拼搏？一边转经，一边祈愿，是完成涅槃还是自我救赎？

我在这里遇见了一位提着兔笼子转经的老人，野兔是他用来放生的，然而他的放生背后却有着一段令人惊心的故事。我随老人一起转经，一边转一边听他缓慢地讲述。

那年高中刚毕业，就遇上了知青上山下乡。“到农村去、到边疆去、到祖国最需要的地方去”是那时候最响亮的口号。我带着政府给上山下乡

---

① 贡赛尔喀木道：藏语，意为贡曲、赛尔曲、道吉曲三条河流与黄河汇流之地。

知青准备的三样东西：一个印有“广阔天地、大有作为”的黄色帆布挎包、一顶草帽和几本书来到了阿万仓草原传授羊群育种。来到阿万仓，我们就被暂时安排在牧民家里，跟着他们放牧牛羊。阿万仓方圆几十里都是草滩，密密匝匝连绵不绝，这种空旷和寂寥使年轻的我陷入空前的忧伤和烦闷中。

入冬前我跟着牧民收割牧草，在打草过程中发现有野兔子。原来那片草滩上生活着成千上万只野兔，它们世世代代在草场附近养育儿女，繁衍生息。

有一天，我发现一只野兔蹲在草堆前，喊了一声，那兔子就钻进了护草垛的网眼绳里。我活捉了兔子，可是当地牧民是不允许杀生的，于是我就拿着兔子到另外的知青点上，烧着吃了。当时吃着高兴就把兔子怎么钻网子里的细节向大家做了炫耀。可是没有想到，一时间知青们都开始编织网罩，大肆捕捉野兔。

刚开始七八个人带着大网，一头撑上一根木棍，把网支起来，只要兔子轻轻一碰网就会跌倒，专门有一个人藏在网边的草丛里，其他人从远处拿着木棒一边大声吆喝，一边慢慢前行，兔子都惊动出来，一个个贴入网中。

秋阳迷蒙的旷野里，知青们的欢呼声、吼叫声、嬉闹声飘过阿万仓空茫而静谧的上空，直到暮色时分，知青们带着捕获的猎物才回到原地。

有一天，一位老阿妈对我说，你们这样造孽，山神会不高兴。草原上的老鹰和狼会疯起来，你们是没有来世的人……

那年月连肚子都吃不饱，谁还怕山神怪罪。

知青们在草原上捕兔的行为愈来愈烈，每天不只是三五张网，而是十几张，甚至更多。当我看见那些灰色的、黑色的、白色的野兔，一个个嘴角流红，耷拉着脑袋被堆放在草地上的时候，我一下就晕倒了（多年以后，我才知道我患有严重的晕血症）。那次我发了三天高烧，那位老阿妈说，捕兔子是我带的头，我的罪孽最大，要我转经念佛，才能赎罪。

我在低矮的土屋里，在昏暗的油灯下，想着堆成山的兔子尸体，心里十分害怕。于是，我把沾满兔子血迹的那些网偷偷塞进火塘里，烧成了灰烬。

第二年春天伊始，天空上盘旋着的雄鹰开始叼食公社的小羊羔，有人为了护羊羔被老鹰抓伤的消息也不断传来，草原上狼也成群结队出现了……

我的心再一次被揪疼。好长一段时间里，我的梦中满是老鹰们饥饿的哀叫和狼群的长嗥。一直到两年过后，这片草原上的老鹰和狼群才逐渐消失。

返城之后的那些年月，我虽然在物质上获得了丰厚的补偿。可是每个漫长的夜晚里，我总是梦到野兔、老鹰、狼群，还有那位白发苍苍的老阿妈……

无法拒绝那样的梦，也无法从当年捕食野兔惨烈的场景中走出来。我的大半青春留在了阿万仓，留在了贡赛尔喀木道湿地，我将无法遗忘在阿万仓的那些岁月。坐了几天车，我从郑州只身来到阿万仓，之后就一直养育野兔，养大后就把它们放进草滩深处。可草地上的兔子还是很稀少，根本谈不上繁盛。十几年过去了，那些劫后余生的野兔还似乎心有余悸，它们在草地上很少露面，一旦出窝，也是势如闪电，快如疾风。

我们是没有来世的人，老阿妈当时就说过。牧民们信奉不杀生，不欺侮，不贪痴，保持世间安稳净乐。而我们自是读书人，却始终不肯做到这一点，小聪明换来大灾难，由谁来担当？

老人说着，神情就激动起来。我看着笼子里的小兔子，那明亮机灵的眼睛充满了好奇。它不晓得生离死别，不知道被追捕的恐惧，见了行人也不躲避。我就此想到，老人当年初遇的野兔大概也是这样吧。

为了平缓老人感伤的情绪，我不住劝慰他。其实在那样的年月里，谁能坚守住心灵的慈悲呢？

我想，其实转不转经无所谓了，他的灵魂已经得到了圆满。

五

穿过贡赛尔喀木道湿地，继续向南，就是青海久治县康赛尔乡。

当桑烟和太阳一道升腾而起时，我在这里等你。几年前朋友索南这样说。其实，我已经距他所说的地方不远了。

必须到那里走一走，因为一种信念，因为活着的困惑和感恩。但是，我不得不放弃几年前的约定。因为贡巴不在，也因为我在这片广袤无垠的草原时常会失去方向。如果说这一切是借口的话，那么接连几天的大雨可能是我放弃的根本原因。

贡巴去了高山牧场，他的帐房也随之撤离，我只好住在他朋友拉毛扎西的帐房里。拉毛扎西和贡巴一样，是个古道热肠的人，他天天问我去哪里？还需要什么？去哪儿？需要什么？我也难以说清了。

多年前，我随着拉围栏的几个朋友漫游在这片草原上，期间遇到连日阴雨，差点送了小命。是索南和他的妻子给我们送了半袋糌粑，并且把一顶小帐房借用给我们，才活了下来。后来，大家一直想去感谢他，可是谁也不知道他具体在什么地方。这片草原辽阔无边，而且索南他们也是终年在草原上漫游。但我一直记着当年他说过的话。已经踏进了这片草原，我应该去找找他。尽管我心里知道，那样的寻找毫无前途，但于我而言，却意义重大。我几次试图把想法说给拉毛扎西，而终究没能说出口。看着他日夜操劳，一躺下就鼾声如雷，怎么好意思开口。

拉毛扎西要去久治县一趟，这是我在贡赛尔喀木道的第八天。

天气终于有所好转，然而太阳还是不见影子。微风徐来，扑打在脸面上的除了冰凉，剩下全是湿漉漉的潮气。拉毛扎西到那边去购置些东西，我是带着渺茫的希望，祈愿能够遇到索南。我们带着各自的意愿，天还没有亮开就走出了贡赛尔喀木道湿地。人的一生就这么走着，停着，再走着。可是，我们很少回过头去看看自己歪歪斜斜的脚印。当我们真正明白一生之中那么多远行的意义时，我们或许已经老了。说不出是悔过，还是自豪。那种源自一个人内心的秘密根本就无法说清。对此如果没有任何感想，是因人因地的不同而找不到了语词？还是千言万语的凝聚而找不到迸发的出口？这种感想时常存在着，可我做不到坦然地接受或面对。我们都有点矜持，沉默着，就那么走着，各自怀着不同的想法。

已经走出了很远，两匹马也明显迟缓下来，不住打着响鼻。

稍微歇一歇吧。拉毛扎西说着就停下来。他卸下了马鞍子，让马在身边的草地上吃草。这时候，南边的天空泛起了朵朵白云，大地透亮了许多。

躺在潮湿的草地上大约半个小时，隐隐约约，我听到了呜呜呜响的海螺声。

拉毛扎西忽地站起来，说，远处是天葬台，我们走吧，路还很远……

应该是在远古时代，过着狩猎生活的人类祖先都弃尸于荒野，那种原始的做法接近了灵魂的本真，使灵魂得到最彻底的回归。野兽和飞禽让灵魂深藏大地，或飞腾天宇，找不到任何踪迹。然而，这涅槃背后是否存在着最原始的阵痛？我想到这里，不由自主用双脚在马肚上磕了一下，紧紧跟随着拉毛扎西。

草原依然无边无际，凉风习习，异样的味道随风而来。桑烟和秃鹫的行影，糌粑、茶叶和酥油的味道，以及喇嘛的诵经声此刻似乎在眼前若有若无地显现着。

路在感觉中越来越远了，漆黑的夜色一层又一层向我们围拥而来。这条路到底是远还是近？

拉毛扎西问我，你听到经幡的响动声了吗？它的响动即是灵魂的召唤。我没有听到，是因为我还在路上，所以我要好好地活下去。风渐渐大了，它们来自四面八方，夹杂着私语，夹杂着巨大的力量，夹杂着令人不寒而栗的害怕。

和拉毛扎西赶到久治县的时候，天色已很晚了。在一家小旅馆里，我们和衣而眠。可我怎么也睡不着，纠缠我的是不是天葬路上对灵魂的膜拜？尘世安静了，可人心却偏偏不能安静下来。从一个地方到另一个地方，风餐露宿，我们都要经历应该经历的一切，永不歇息。

拉毛扎西购置好了他所需要的一切，而我在久治不大的县城里转了一圈，没有见到索南，也没有遇到曾经熟悉的面孔。就那样，我们又返回到贡赛尔喀木道湿地。心里尽管有着许多纠缠，但不得不用最快的方式去终结这次漫游。在草原上留下了什么？几千年来我们都不曾彻底搞明白，而短暂的漫游怎么能够解开祖先们栖居在这里而不愿离开的秘密？

离开阿万仓，翻过几座山梁，过了河曲马场，就看见玛曲县城了。那座以母亲河[①]为名的县城在草原之上正诞生着新的生命和英雄。我透过车窗，看着眼底摇晃的牛羊，它们从一座牧场正赶往另一座牧场。灵魂所要去的地方到底是什么样子呢？我将不得而知。因为，我们歇息了，灵魂还会继续赶行。

2014.8 通钦街

① 母亲河：玛曲藏语译为黄河。

支教记

一

终于到了。透过车窗户，远远的我已经看见了县城。其实，第一眼应该先是看见黄河的。然而冬日的玛曲全然一派肃杀，扑入眼帘的除了苍茫，除了飘浮在蓝天之下的一层雾霭之外，县城里的建筑反而很清晰。天气有点反常。已经是大寒了，按理说这个时节是一年里最为寒冷的时候，可是玛曲反而很暖和。海拔近四千米，冬天不冷有谁信呢？可洛桑才旦就穿着一件很薄的外衣，站在进站门口的台阶上。

洛桑才旦是我的学生。说是学生，也不过只有一个学期的师生关系。这么多年来，我们的联系从未间断。

洛桑才旦从我手里接过包，对我说，去家里吃？还是外面吃？

我说，就不去打扰家人了，外面随便吃点吧。

家里也是很方便的，不过我听你的。洛桑才旦嘿嘿笑着说。

我也笑了笑，说，穿这么单不冷吗？

你知道的，玛曲真正冷的时间还没到。洛桑才旦接着又说，今年第几回了？

五六回吧，我说，但始终感觉没有那时候好。

洛桑才旦似乎知道我所说的意思了，他停了一下，接着又说，那时候我们还是小孩子，很伤你脑筋的对吧？

是呀，我说，记得你阿爸因为我批评你还专门找过我。

已经十几年了，过得真快。洛桑才旦说，那时候是孩子，不懂事。又说，吃完直接走吧？万一天变了会很麻烦的。

好。这次听你的。我说。

欧拉秀玛乡在玛曲县西北部，距县城一百多公里。在通往欧拉秀玛的路上，我和洛桑才旦走走停停。路是新铺的，平整而宽阔。草原苍茫一片，牛羊星星点点，黄河一面是冰凌，一面却是汹涌奔腾。在一处河床十分宽阔的地方，洛桑才旦停下卡车，拿着我的相机，拍了好多照片。

可惜没有路过的人，我们还没有一张合影呢。洛桑才旦笑着说。

我说，到你厂子再拍吧。

洛桑才旦在欧拉秀玛开了奶品加工厂，这件事我早就知道，但他却没有亲自说过。奶品加工厂不大，是他联合当地十户群众一起开的，是集生产、加工、销售为一体的民营企业，他们依托纯天然牧场及丰富的牦牛资源，致力于纯天然牦牛奶制品及藏族传统饮食系列产品的开发，这在玛曲县来说，既具有特色，也算是干了一件为民富民的大事情。

洛桑才旦不再是多年前那个调皮孩子了，在地方，乃至县上，大家都知道他的名字。我记得，我支教的那段时间，他刚上初一，不爱学习，鬼主意很多。此时，当和他再次行走在玛曲草原上，我由此而想到支教的那段时间里我犯过的错误。

二

首曲中学在卓格尼玛滩上，四周不见高山，也没有小溪，视野里全是苍茫的草原。2004 年深秋，我义无反顾地来这里支教。那个深秋的午后，首曲中学教务处安排我住在门口的一个小院子里。小院子很宽，里面只两排简单的瓦房，据说是以前学校专门放牛粪的房子，其中好几间已经出租给外地搞零工的小老板。当然，小老板不可能在小院子里住，住在小院子里的是几个民工，他们还养了几只藏獒。小院子里平常很少有人进来，民工们三天两头才来一回，我和藏獒成了小院子的主人，时日一久，关系也混熟了，它们不再那么凶，见我进来就扑到身上，显得很亲昵。

教务处一个胖乎乎的老师给了我一把钥匙，说，住在北房吧，冬天阳光充足，暖和。他说完就走了。说实话，当时的我满怀热血，根本没考虑其他，想着有地方住就可以了。我打开房门，才发现房间很破旧，里面空空荡荡的，顶棚上全是水渍，地面也是坑坑洼洼的。过了一会儿，有几个学生抬着三张矮小的课桌，一个铁锈斑斑的炉子和几节新烟筒，还有一麻袋牛粪，来到小院子。他们帮我用两张低矮的课桌拼成一张床，将我的被褥很快铺在上面，同时也用最快的速度安装好了炉子，并生着了火。很久没住人的原因吧，房间有点潮湿，烟在屋顶缭绕着，迟迟不肯散去。下午放学后，整个校园显得极为空荡，小院子更是寂静无声。那夜，我和衣而睡，有许多兴奋的同时，也有种无法说清的落寞。

好几日过去了，没有人来，也不见学校领导和同事的嘘寒问暖。我有些后悔了。这里只是人生的一个小小的驿站。会有美好的一天的，说不上自己就是那只他们苦苦等待的凤凰。我在心底不住安慰自己，然而，无法说清的孤独和空虚依然像无边的大网，紧紧将我包裹住。我心底很清楚，无论如何要在这里工作两年。三两天想变成凤凰，除非是痴人说梦。时间已经过去好几周，玛曲的天气也随季节的变化渐而厉害起来。先是狂风四起，接下来大雪飞扬。一夜之间，整个学校变成了白茫茫一片，偌大的学校，只有深深浅浅的两行深坑留在雪地上。那样的日子里，我守着用牛粪取暖的火炉，望着用两张低矮的课桌搭成的床，满怀热血也渐渐变成了怅然若失。

那年的后半学期，学校终于组织大家听我的课。课堂上，我恨不得把自己知道的一股脑儿全抖出来，结果适得其反。后来我才知道，那次评课我受的批评还算是轻的。不过那以后教研组的年轻老师来小院子的次数渐渐多了起来，有时候，我们也打打牌，聊聊工作，但从未耽误过工作，也没有过丝毫马虎。

除了公开教学上的受挫之外，还有一件事情，至今想起来，我也不知道是对还是错。

有天早晨，我刚洗完脸，校办打电话让我立马过去。气氛有点不对劲，校长和主任的脸拉得像水瓶一样长。我的心里不由得紧张起来。

怎么搞的？校长冰冷地说。

课堂上洛桑才旦吃泡泡糖，不但如此，他还吹了一个大大的泡泡，而且很响。我批评了他，可他不但不听，反而使劲嚼起来，我实在忍不住，就踢了他几脚。我如实交代。

当时洛桑才旦就在校长办公室，他投给我一个鄙视的笑容。我心里像是被什么东西戳了下，这与平时走在路上遇见老师深鞠一躬的他多不相符。

校长严厉地批评我说，教师规范上有体罚学生之说？这里的学生多半来自牧区，小学阶段的教育全是在民族语文下进行的，你不晓之以理动之以情也就罢了，还敢体罚？家长找麻烦怎么办？

后来，我当着全班学生给洛桑才旦道了歉。虽然觉得很委屈，而实际上我最怕的还真是家长前来找麻烦。那几天，我过着提心吊胆的日子。几天过后，我接到一个电话。是洛桑才旦的父亲打来的。洛桑才旦的父亲在电话里说，听说你批评了他，这就好，以后不听话了要多批评，要多念书，要识字。

事情虽然过去了，可我的内心却有了疙瘩，渐渐趋于寡言，不敢直面许多问题。

玛曲县属于纯牧业县，相对而言文化落后，经济来源主要靠畜牧业，城乡之间很遥远，且地广人稀。就在这个地方，我度过了一个学期。然而，没有想到的是，我的支教生活并没有按期完成。短短的半年里，支教生活却给我留下了难忘的记忆。多年后，当我再次返回校园，心里依然在回忆当初的那种幸福和布满疑惑的日子。

第二学期刚开学，几个年轻老师被调到很偏远的乡下去了，我也被责令提前返回本地。不知道他们的离开会不会与我有关？会不会与小院子有关？会不会和我们在小院子里打牌有关？这一切成了我心中的疑团，一直没有找到答案。就那样，我背负着无法说清的悲伤离开了小院子，离开了朝夕相处不到一年的同事和同学们。后来我听说那几个年轻老师刚到乡下之后，饮食起居都不习惯。学校里学生大都来自牧区，汉语表达不流畅，因而工作很吃力。我心里一直很内疚，他们被下调肯定与我有关，肯定与那个小院子有关。但是，我一直找不到合适的理由去说服自己，也难以找到具体的事实去印证一切。

洛桑才旦说，让牧民获得更多的收益，充分结合当地得天独厚的自然资源和优美环境，我们不但加工牛奶制品，还发展了藏羊养殖合作社，要不断带动群众致富增收……

从当初的不会说汉语，调皮捣蛋，到此时的致富带头人，洛桑才旦观念上的转化非常大。这点不可否认，此时此刻，对他的絮絮叨叨只在口头应承着，可心思依旧在很多年前的支教生活里。

三

当初来支教，并没有思考太多，只是一心想和家人在一起。妻子在乡下小学任教，两地分居不但给工作带来消极因素，而且也给家庭带来了危机。期间找过很多部门，都没有眉目。就在第十二次找到教育局长时，局长说，全县这样的情况太多了，鉴于这种情况，局里决定，凡到偏远牧区支教满两年，不但解决夫妻分居问题，而且在评职称上可以优先，对于支教期间工作优秀者，可以考虑调到县城学校……

我第一个报了名，前去支教。“吃苦耐劳多做贡献，不辜负党和国家的期望，要把这行工作爱到骨头里，要用自己的实际行动，用自己的爱心，用自己的青春，至死不渝为教育事业做贡献。”支教前县教育局召开的动员大会上，我曾铿锵有力地说过这番话。当时支教的名额是有限的，而和我一样力求前去支教的人却有一大批。也是为了和家人在一起，说些违心的话也不要紧，都是为了生活。为了更好地生活而不择手段，可能会遭到大家的不齿与咒骂。但我想，当大家经历种种危难之后，会对当初那些言不由衷的话和不择手段有新的理解。

被责令返回，对一名支教教师来说，的确是一件羞耻的事。但有些事情由不得我们，大家都说命运掌握在自己手上，那时候我对这句话真的产生过质疑，甚至反感。就在责令返回的通知下发后，我去过一回遥远的齐哈玛学校。被调到齐哈玛学校的那位年轻老师虽然和我不是太熟悉，当见我前来看望他时他也是感慨万千。我在他的宿舍住了几日，也的确感受到了教学上的难处。

无论何时何地，作为老师，只要把教学工作作为人生第一要义去干，大概也就心安了。话是那位年轻的老师给我说的，而我何尝看不出他内心的波动和苦闷。还好，他还算乐观，并没有因此而消沉。当然了，我并不知道后来他的情况。相继被下调的那些老师当中，我也听说大部分一年之后再次回到了县城。或通过考试，或通过其他方式；或是直接改行，或是到其他县上。总之，我再也没有见到过他们。

四

洛桑才旦对他的事业充满了前所未有的信心，从起初兴办到现在的想法，以及将来的打算，他滔滔不绝地说着。我没有任何经验，也没有任何可以指手画脚的资本，除了不住点头，便只剩祝福他了。

当时被下调的那些老师里，有个姓牛的就在欧拉秀玛，我记得很清楚。这次来之前，我还专门托人打问过，那位牛老师还在，自下调到欧拉秀玛他一直坚守在这里。

我突然想去看看那位牛老师。

洛桑才旦打电话要叫他的几个朋友过来，说我好不容易来了，要住下来，好好帮他们策划，出主意。我连忙制止住他，并说，等下次专门带几个搞企业的朋友过来。说完之后，我便瞅机会溜出洛桑才旦的厂子，去了学校。

他果然还在，只是有点苍老了。我说了我的名字，并说了当年支教的事情，他才想起来。和当年一样，牛老师依然很热情。说到当年被调乡下一事，牛老师皱了皱眉，说，当年那个校长不学无术，那时候大家私下里都在说他修订《孝经》呢。当校长的不好好管理学校和教学，修订什么《孝经》？后来他的《孝经》没有修订成功，自己的校长职务却丢了。牛老师说着便不住地摇头。

没有想着回县城吗？我问他。

没有，这里特好的。现在不像以前，路修好了，去县城也很方便。他接着又说，那时候，一份相同的总结可以用好几年，太没意义了。但这里不一样，工作总结也有写头，日子踏实。

我有点不大理解他的话。

他又说，县城的教育现在难搞，家长动不动就来找事。而这里的孩子们淳朴厚道，家长更是通情达理。闲时间还可以去黄河边走走，到草地上转转。这些年，我不但学会了藏语，也学会了写诗。不信你看。他拉开抽屉，取出一个写满了诗歌的笔记本让我看。我一边翻看着，一边继续听他说。

刚来的时候，这里学生汉语差，现在不一样了，学校开了双语课，学生水平都很好。群众的观念转变也很大，不再是你支教的那时候了。

当年支教被责令返回后，我在一个安静的小镇继续教书。我常常想起玛曲，想起那个衰草连天的小院子，想起那班学生。孩子们的内心装满了清纯和幻想，也装满了某种成熟之前的忧郁和反叛。其实是我错了，这是离开教育工作后的今天我才意识到的。时间的流逝让我懂得了当初为什么有那么多的沉重和怨恨，那就是因为年轻，没有对生命投入更深的热爱。

我离开玛曲的第五年，县城中学就和城关小学合并在一起，形成现在的城关九年制学校。老师分流到各个学区，而中学旧址已经新建为玛曲藏族中学高中部。对教育的重视一刻都没有停止，尤其是牧区的教育，政府投资的力度愈来愈大。为了让教育切合实际，很多牧区学校也启用了本土教材。但就整个牧区的教育相对而言，还有许多不尽如人意的地方。我和牛老师也说起这个话题，归根结底，还是观念问题。当然了，观念的转变需要一个过程，一蹴而就的转变，势必会造成更大的心理上的伤害。

告别了牛老师，洛桑才旦开着他的大卡车载我回了县城。一路上，洛桑才旦继续给我说他的许多想法，同时也说起当年我支教时的那件事。我们都笑了，过去这么多年了，都还记着，也算是一种特有的感情吧。

我们走到县城，已经很晚了。县城很漂亮，就是人有点少。我让他把车停在以前的中学门口，我要下去看看。以前的中学不见了，眼前是漂亮的新学校，找不到以前的那种难舍的感觉，也没有了那份复杂的心情。不过我依然想，如果有机会，我应该再次推开教室门，给孩子们好好讲一堂课。

吃饭的时候，我没有忍住给洛桑才旦说了我的想法。洛桑才旦迟疑了一下，然后笑着说，这个很简单，明天就去和学校联系。可是我又想，该讲些什么呢？离开教育已经六七年了，我还具备一个好老师的那些素质吗？

那天晚上，我躺在洛桑才旦家宽大的炕上，翻来覆去想着该如何讲好一堂课的问题。

讲好一堂课，将是对自己勇气的一种挑战。实际上这种挑战源自我们的心灵，于我而言，更是对从教生涯的某种缅怀与补偿。和孩子们在一起，听着他们的笑语，我真想回到过去的光阴里。那样的光阴充满爱，充满阳光。让每天新的阳光洒在身上，让我感受到生命中的每一天都是温暖的，这会不会是一种奢求呢？

2018.1 通钦街

喂鱼记

一

那木嘎露出两个小虎牙，诡异地说，重要着呢，你要认真听。

既然是故事，那就慢慢讲，我说。可那木嘎缠着我，非要一口气讲完。

老人的哥哥卧病在床，那是很久以前的事儿。那木嘎接着说，实际上老人自己的身体也不怎么好，活佛给他说，坚持放生，病会好起来的。于是老人就在村口喂养起鱼来，一喂就是十多年。老人身体果然好多了，你可别不信，现在他很健康的。

不是故事吗？怎么整得像真的一样？我说。

对对对，是故事。说完之后，那木嘎笑了起来，又说，你就当故事听呗。

难道是真的？我问他。

假的。你自己不会判断？那木嘎反问我。

说得和真的一样。我说。

那就是真的了。那木嘎说，故事就在车巴河南边不远处的唐尕村里。闻道而来的放生者找老人，一定会给他大把票子，心意只有一个——让老人帮着喂鱼，或是放生。老人见钱就眼红，罢了会劝导送钱者，说，他的喂养鱼不是为了钱。钱会拒收，但喂鱼的食物会被留下来，老人不但会帮着喂鱼，还会替他们诵经。拿些喂鱼的食物，专门去看笑话，结果你知道的……

听不出那木嘎所讲故事的重要性，也猜不出他讲故事的真实用意，但我倒是很希望能见到这位老人。短短几十年于尘世作恶多端，谁不心怀愧意？不过细细一想，而又找不到具体的事实依据。可心里这么一想，总感觉很多所做之事里还是恶多善少。喂鱼，放生，诵经，或许真能使人心安。

老人叫达吉。这天村委会主任来办公室，无意之中也说起了老人喂鱼的事儿。说这个叫达吉的老人，就在车巴车向南不远处的唐尕村口喂养鱼。

为何将事实扯成故事呢？让那家伙当猴耍了。原本想在电话骂一顿那木嘎，但村委会主任在，我只好将所有愤怒嚼碎，咽到肚子里去。

说好第二天早早去牧民家里的，偏偏下了一整夜的雨。中午时分，雨停了，可泥泞泛滥，寸步难行。进村入户的事儿暂时作罢，我决意去唐尕村。

从龙多村驶出不到一公里，车子轮胎就破了。将车停在村口一个狭窄的巷道里，找老朋友去聊天。不巧，朋友家这几天正在念经，我只好回村委会。

下午，天晴了。

窗外是成片成片郁郁葱葱的森林，森林脚下的河流之上是一座水磨坊。

整天坐在房间里，心里就感到缺样东西。走出房间，径直来到磨坊前。水磨坊挂着锁，青稞的香味从门缝里挤出来，在四周不住扩散。

那夜枕着车巴河入睡，心里感到缺的那样东西依然找不到，从头至尾也想不出到底缺了什么，一直到后半夜才迷糊了。

那木嘎来电话，说酥油找好了，让我去取。

揉了揉眼睛，拉开窗帘，才发现天刚刚亮。天空不是很透亮，天空被四周的森林围困着，似乎失去了让四面透亮的力气。

那木嘎这么早来电话，并不是诚心不让我睡觉。因为再迟点，人家就去牧场干活了。

酥油在南边最远的尼巴村，路很难走。尼巴村有佛事活动，路人都不说话，只是用手指路。村口的白塔四处全是人，相互之间同样不说话。这时候，我才真正听见了车巴河的声音，晚上枕着的是绵柔的轻音乐，而此时的才是宏大的交响曲。

取到酥油，我没有找那木嘎，我知道最近他忙得像大雨前的蚂蚁。

小贡巴村距离龙多村已经不远了。这一带的村子基本都在车巴河两岸，近处是零碎的沙棘林，远处却是成片的松木林。沙棘树上的红红的小果子就是一群“野孩子”，它们用力将身子向下垂。必须要折，让这些“野孩子”变成果汁，让它们在我体内狂欢。我一边窃喜，一边疯着折，顾不上手掌和指尖处全是老鼠眼睛一样的血珠子了。

有人在路口拦车，我没有拒绝。前几天我在路口拦车，别人也没有拒绝。

是个很精干的小伙子，却很腼腆，我问一句他答一句。当我问到曲拉，他才活起来。

他说，村里曲拉很多，你要多少斤？

我笑了笑说，多少钱一斤？

于是小伙子开始打电话，到龙多村，电话还没打通。小伙感到不好意思，就要了我的电话，说一定给我回话。我并不在意，因为这样的事情我遇到过不少。

天色慢慢暗了下来，做完了果汁，要准备做饭了。电话突然响了起来。是那个拦车的小伙子，说曲拉一斤十五元，都是刚晒干的。又说，明天去村里给我阿爸打电话，让他带你去，最近收曲拉的贩子多，你去难说是这个价。说实话，我被突然的、意想不到的某种真诚感动了。

挂了电话，我又想起了那木嘎，那个看起来大大咧咧却十分认真的朋友。他总是说工作难搞，每天仰头出去抱头回来，像无头苍蝇一样，找不到可靠的落脚点。

贫困户摸底工作真如履薄冰？我对那木嘎的工作能力开始质疑。其实我和那木嘎坐在一起，认真研讨工作的时间还是有限。缺少最起码的沟通，仅仅凭多年的交往而相互依靠，这种方式的确不大适合当下的工作，但还有啥更好的办法？是该好好讨论一下，至少要有那份诚意才行，何况那木嘎对工作的熟悉程度和对村子情况的掌握是我无法比拟的。

二

那天晚上又下了一场很大的雨。

必须去一趟扎古录镇。

车巴河两面树林里鸟雀的鸣叫有点刺耳，河水的轰响也有些烦人，这一切像是有意在捉弄我这样在泥水里爬行的人。

中午到了扎古录，天阴沉沉的，吃过饭，买了鸡蛋和青菜，又轮到我在路口等车。

拖拉机其实也特好，虽然颠簸，但减轻了拖着腿在泥水中爬行的苦楚。

车厢不大，里面挤满了男男女女形色各异的人，他们说着牧场上的笑话，也谈论着今年的天气。其中一个老人最能说笑，有他在车厢里，就能感觉到坐拖拉机的乐趣。

咣当一下，所有声音都消失了。拖拉机掉进很深的水坑，不过还好，只是很高的起伏，然后又咣当一下落在原地，没有翻车。

车厢里沉默了，拖拉机的声音摔在泥水上，也失去了昔日张狂地吼叫。

走了三四公里，车厢里还是没有声音，于是我开口问老人关于达吉喂鱼的事情。

老人停顿了一会儿，慢慢说，都十几年了。

就在唐尕村？我说。

嗷赖。老人的目光在我脸上扫了一圈，又说，最好不要去打扰。

喂鱼可以吗？我说。

切个切个[①]。老人想了一下，又说，如果没有诚心，最好别去打扰。

去看看，何谈打扰呢？我心里想。

钱会拒收，但鱼食会被留下来。老人不但会喂鱼，还会替他们诵经。打着幌子去看笑话，会遭报应。而这位老人所说的最好不要去打扰莫不如此？我对那木嘎和这位老人的话只能理解到此，实际怎么样，谁知道呢！

龙多村距离唐尕村有五公里路程。

一切与人有关的事实都不会过于可靠。比如到唐尕村，远远超过了五公里。但按照我所走的时间来计算，根本没有五公里。

向南走，路在车巴河右边。过一座小桥，路又在左边。两岸全是沙棘林，橘红色的小果子低着头看着来回走动的小鼠。流水在这里缓和了许多，它们轻柔地吻过石面，将自己铺成一条高低起伏的闪亮丝绸。

老人的确叫达吉，已经七十八岁了。我叫他阿克[②]达吉。阿克达吉看起来很精神，脸色红润，步伐矫健，和年龄不搭界。一切都很简单，所谓鱼池，只是用铁丝网将车巴河的半面改流到一处较为平坦的草滩上，然后又在草滩上挖个大坑，最后在坑上面修建了一处小房子。鱼池之上的小房子是用玻璃装修的，干净整洁，十分明亮。小房子里摆着许多方木凳，坐上去，感觉似漂在水面。

阿克达吉笑眯眯地看着我，没有说话。眼下是浑浊的河水，看不见一条鱼。阿克达吉依旧笑眯眯，没有开口。我绕小房子走了一圈，看遍了每扇窗户，还是没有鱼，甚至连一片树叶都没有。

阿克达吉转身走出了小房子，一会儿又进来了。他从另外的一间土房里端来一盆糌粑颗粒，抓了一把向窗外撒去。糌粑在水面上漂浮着渐而下沉，这时候我突然看见一群小鱼跃出水面，拥挤着、嬉闹着、争抢着那些糌粑颗粒。

阿克达吉将盆子交到我手里，又走了出去。糌粑颗粒越来越少，而鱼却越来越多。喂了一会儿，我放下盆子来到外面。河对面就是唐尕村，唐

---

① 切个：藏语，可以的意思。

② 阿克：藏语，对长者尊称，叔叔的意思。

尕村显得很寂静。河边的一处高地上有很多玛尼旗，它们在微风的拂动下，发出扑棱扑棱的声响。

三

……公社时期，我在队里放牛羊。当时条件就那样，不屠宰是活不过来的。

第二天阿克达吉开始说他喂鱼的事情。

屠宰牛羊的事情做得多了，除了给队里以外，自己也偷偷宰杀过。几十年前的事儿了，想起来很害怕。不宰杀牛羊的话也许早就饿死了，也许早转世了。阿克达吉的表情一下变得沉重起来，他望着哗哗流淌的车巴河，缓缓低下了头。

后来，日子好多了，梦也多了，那么多牛羊拥挤在路口，没有我走的路。几十年了，梦一直没有间断过，也醒不来了。在梦里，它们折磨我。在梦里，它们都哭。醒来之后，我同样会看见白白的阳光，同样会看见青青的草地，也同样会看见山坡上吃草的牛羊，不同的是，我有了心事，却说不出来。年长日久感觉病了一样，阳光也不那么温暖明亮了，活着没有啥意思了。奇怪的是那几年家里也不平安，梦里许多事情有时候就出现在眼前了。家里念了好几次经，几日过后，那样的梦便又开始了。

阿克达吉对反复出现的梦深感恐惧。阿克达吉似乎对活在尘世有了无望和灰心，以至于后来，他听取了活佛的教诲，干脆搬到了河边，天天看着河面，渴望有鱼跳出水面。当然，这是阿克达吉在第三天才说到的。

我又跑了一趟扎古录镇。这次不是去买鸡蛋和青菜，而是去买鱼食。

小卖铺里的小老板很贤惠，她给我介绍了很多种鱼食，有小馒头，也有叫不上名字的像沙子一样的东西。

我说，大家都买哪种呢？

她笑着说，不一样的，谁也没有规定，还有买方便面的呢。

我说，我还是到别处去看看吧。

她见我离开，又说，买花卷的最多，就在隔壁。

走出小铺子大门，隔壁果然是一个专门卖花卷的小柜台，柜台上是几个用柳条编的箩筐，里面放满了花卷和馒头。

要多少呀？说话的依旧是小卖铺的那个小老板，她说，这些都是我做的，没有放碱，专门喂鱼的。

你刚才怎么不说？我问。

她不接我话茬，只是问，买多少的？

小老板真狡猾，买现成的鱼食自然贵了。也难怪，做那么多花卷和馒头，那得几点起床呢？再说万一别的地方没有的话，再次来找她就有点难为情了。

四

……阿克达吉每天起来得很早，那个被我叫作院子的地方收拾得一尘不染。

所谓院子是没有院墙的，四周都是树林，只有铁丝围栏，铁丝围栏中间是一个只容两人侧身而进的栅栏门。进入栅栏门，便是一人进出的小道，除此之外全是草地。鱼池之上的小房子门口栽有两棵杏树，没有结果，但上面挂满了透明的小灯笼，灯笼里装有石子，石子上刻有经文。小房子前面是破旧的一间土房屋，里面有炕，河边还有一辆废弃的面包车，里面放着杂物。

放下花卷和馒头，我站在河边，痴痴望着河水，一时竟想不起怎么和阿克达吉搭话。

鱼池之上的小房子里有人，我听见了声音。走进一看，是一个阿伊[①]，她坐在木凳上，一边念经一边喂鱼。河水之中，众鱼欢呼着，拥挤着，一会儿散向四周，一会儿又抱在一起。阿伊没有说话，也没有抬头，她神态安详，一副无视风雨雷电的姿态。

---

① 阿伊：藏语，老奶奶。

就在前两天，拖拉机上的那位老人说过，如果不是诚心去喂养，就不要去打扰了。这话哪里有错呢？

阿克达吉又开始说他的梦。

十几年来，经常被那个梦惊醒。真的病了吗？家里念了一次又一次经，还是不管用。不怕活佛斥责，我老老实实说了那个梦，以便求得解脱。活佛说，多养些小动物，多放生吧。好几年都不敢吃肉了，放生也是经常有的，可还是没能彻底甩开那个梦呀。喇嘛噶让给他的弟子说过一件事，我也是听来的。他说莲花生大师出生时，那湖中便有许多鱼。喇嘛噶让还说，他的一个施主的儿子专门去过印度，将那些鱼喂养了一段时间，真是功德无量。我去不了印度，但身边不就有河吗？于是我就将小河围了一圈，喂养起鱼来。当时看见的小鱼只有几条，喂养了两年之后，鱼就渐渐多了起来，以至于到现在的十几万条吧。它们白天会出去，晚上会回来的，像小孩子一样听话。

阿克达吉似乎对无法摆脱烦恼，却还要活在尘世有了无望和灰心，以至于后来，他干脆披一袭袈裟，独自住在车巴河边。

当然，这是阿克达吉在第四天才说到的。

五

那木嘎等了我很久，语气很生硬，看来他有点不耐烦了。紧走慢赶，见到那木嘎的时候，已经差不多中午时分。他弯着腰，在河水里洗拖把。见到他的样子，我也有点生气。

我说，你闲着洗拖把，却赴前线一样催我。

那木嘎没有抬头，也没有跟我说话。

洗个拖把都这么虔诚。我不再理他，坐在河边，向河水里扔了几个小石子。

十分钟左右，那木嘎才停下来，凶狠狠地对我说，你看见我在洗拖把？真是口无遮拦，小心满嘴生疮。

我才看见，他手里拿的并不是拖把，而是一个印佛像的模子。当然了，模子伸进水中也是看不见的，何况他站在河中心的一块巨石上，我在岸边。

那木嘎说，我在水面上印佛，也是功德无量的。你去过唐尕了？我问过达吉了。

没等我的回答，那木嘎先说了出来。

我以为真是你讲的故事呢。我说。

那木嘎将印佛像的模子放在岸边的石头上，坐在我身边，又说，有那么动人的故事？

我们沉默了。河水哗哗的声音很大，柳树尖尖的叶片斜飞着，部分在岸边翻飞，部分跌入河水，小舟一样颠簸着起伏着，渐渐消失在远方。

那是什么？我问那木嘎。

你应该知道的。他说。

我没有说话。

那木嘎说，是塔塔[①]。又说，知道吗？这些塔塔都是无量佛和观音菩萨，印在水面上，水中万物会得到加持，会逢凶化吉，平安无事的。

那木嘎说得很认真，而且神情也很严肃。

达吉那儿就放了很多，你没有看到吗？那木嘎问我。

摇了摇头，我说，就算看到，也不敢多问。

也是。那木嘎又问我，他知道你也信佛吗？

不知道。我说，我们没有说太多的话。

那木嘎沉默了一会儿，接着说，前几年达吉就穿上了袈裟。

出家了就应该去寺院。我说。

那也不一定。那木嘎说，达吉有自己的想法，不过话说回来，他毕竟不是出家人，穿着袈裟在河边喂鱼也是不合适的。其实，他就想一门心思在河边喂鱼。你想，一个有家室的人，心里肯定做不到万念皆空。就算没

---

① 塔塔：原指是用喇嘛的骨灰和泥土制作的供养在神山或者寺院的佛像，不同的是这里更多的是在水面上印佛像。

有家室，做到万念皆空的有几个？看起来真做到了，因为他的心里只有那些鱼。当然，在河面上印塔塔佛，祈求水中一切生灵无病无灾，我们只是这么做了，但心底纯粹的那样的善念你和我估计很难做到。

我点了点头，没有说话。突然间，我隐隐约约感觉到，那木嘎为什么要讲这个故事的初衷来。也只是感觉，却也很难和当下的实际工作联系起来。

那木嘎不再说达吉的事儿了，反过来问我这几天进村入户的情况。

说不上，是因为我的确没有认真去做。

我也问了那木嘎他们的进展情况。那木嘎告诉我说，大家都是公平的，不存在过于悬殊的贫富，只是欲望大小的事儿，只是在宽容和理解上有所偏差。

听起来的确是，然而做起来却远远不是。

和那木嘎道别之后，沿河整整走了一个多小时，我才到达龙多村委会。

那木嘎很忙，倒是今天抽出时间，于印塔塔佛之时说了些真心话。宽容和理解，听起来很对的。说白了，不就是欲望在作祟吗？

六

第二天早早起来，我又去了扎古录镇，买了花卷和馒头，也买了些水果。原本是虔诚的，然后总有那么一念，总感觉心里发虚。

没有去村委会，我直接去了唐尕。

天终于晴了，成片成片的云奔跑着，它们似乎没有方向，不知所措。太阳已经很高了，太阳透过云层，照在草地上，很温暖。河水闪动着金波，树林里鸟儿的鸣叫悦耳动听，阿克达吉用四个铝盆子做成的风中玛尼在高空里一圈一圈转动着。

我们坐在小房子里，阿克达吉用极为缓慢的语调又开始给我讲述他的过往。

星星出齐了，看着清亮的河水，听着树林里鸟儿的声音，我心里就空了。心空了，也就不想回家了，于是我做了一件袈裟，尽管心里很踏实，但孩子们不愿意，他们说我不是出家人，而且整天不回家，没有那个必要。村里突然间多了个僧人，大家都用奇怪的目光看着我。我后来想通了，实际上喂鱼和穿袈裟不是一回事儿，是我自己想偏了。那段时间，我很少回家，原因很简单，到家后，心静不下来，一边想牧场上的事情，一边想孩子们的事情，同时还想着河边的事情。一个人是没有那么多时间和精力的，做好一件事情已经不错了。回家的次数越来越少，甚至忘记回家。后来孩子们就买了一辆破旧的面包车，让我在车上休息。有了那辆面包车之后，我就干脆不回家了。尽管村里人说三道四，家人也不愿意，而所有一切完全按照自己的想法去做，别人也无法拦挡。再后来，孩子们就给我在这里修了个小房子，之后就彻底安下心来了。鱼越来越多了，我心里很高兴，家里也平安了。空闲时间，家里人也过来喂鱼，看着那么多鱼，他们慢慢感觉到我做得对，就不再说啥了。不但如此，村里人也来喂鱼，附近的人也来喂鱼。可能是他们看着我守在河边辛苦吧，于是有人给我钱。那怎么行呀，在这里喂鱼完全是为了自己，为了心安，和钱是没有关系的。几十万条吧，吃的需要很多，家人已经理解了我，他们会拿糌粑过来，村里人和附近村里人也会拿鱼吃的东西过来。我不能不收，大家的想法和我一样。我一边喂鱼，一边念经，日子越过越踏实了。

阿克达吉一边说着，一边还拿出手机让我看。手机上有许多照片，照的都是鱼，然而那些鱼都没有头，我感到很奇怪。阿克达吉自己也看着那些照片，他的神情很伤感。当然，他给我说起那些没有鱼头的鱼的事儿已经是第五天下午了。

七

九月已经出头了，阴雨却一天紧随一天，赶趟一样根本没有停止的意思。在龙多村住了半个多月，和那木嘎一直在电话里交流。晴天大伙儿都去了牧场，原本想着雨天应该闲下来。但当我拖着泥鞋来到村里的时候，很多人家都关着门，要么去扎古录镇办事情，要么去河边的水磨坊磨青稞。

就这么耽搁下来？显然不对。对贫困户摸底帮扶的事情上那木嘎比我急多了。

依旧在阿克达吉那儿。

这天，我吃完饭早早就来了。难得天气有所变化，一坨一坨能看见蓝天。阿克达吉很忙，他说要给金巴准备食物，于是我就在鱼池周边走动，在草地上来回走动原本是不允许的。阿克达吉在那间土房子里忙着，顾不上看我，他以为我在小房子里喂鱼呢。

池鱼后面不远处铺满了破败的席片，席片上撒满糌粑粒，由于接连阴雨，那些糌粑粒都被泡散了，而且味道极为难闻。

脚下的草很长，有的挑着空空的躯干，有的弯下沉重的腰身。河流平缓，阳光充沛，这里应该是水草最为丰满的地方了。树林里有层层黄叶，还有很多黄叶正慢慢悠悠从高处飞转而下，偶尔也有拖着大尾巴的不知名的鸟儿斜飞而过，除此之外就是寂静，只有河水哗哗的声音。对面村子也非常安静，只有山坡上的经幡在风中翻滚着。路上少了行人，也只有几头牛卧在碎草里，仰头望着变化多端的天空。

转了大半圈，就在池鱼小房左边的河岸上，我看见了摆放着的塔塔佛模子。心不纯，就算在河面上印万万佛像，也是加持不了水流中的万物。我绕过那些摆放着的塔塔佛模子，来到那辆破败的面包车前。不过还好，阿克达吉不用在那里睡觉，它已经变成阿克达吉的小库房了。

绕过面包车，我就看见了阿克达吉。阿克达吉并没有露出不高兴或要斥责我的神情来，相反，今天的阿克达吉比前些日子都要开心。后来我才知道，是金巴快要出窝了。

阿克达吉没有直接说金巴，倒是先说起那些没有鱼头的鱼来。实际上，我更想听关于金巴的事儿。小时候老人经常骂走路低头的人，说像金巴一样。也只是听说，我根本就没有见过金巴。

鱼开始死了。接连好几天，而且都是不大的鱼，它们漂浮在水面上，或是在河边的草地上，这些鱼一夜之间都没了鱼头。阿克达吉伤心极了，他一边说，一边不停地用双手搓着那早已松弛的脸。

佛祖是慈悲的，就算惩罚我，也轮不到这些小鱼呀。于是，我就花了整整半月的时间，不管白天黑夜，都趴在窗户上看。有次睡着了，差点掉进水里。那夜月光很亮，想起来还不到半夜，我看见了一只鸟，它的嘴很长，尾巴也很长。它从水面上飞过去，然后就不见了。对了，接下来就不是一只，而是很多很多，甚至连水面都被盖满了。第二天，水面上就漂出了很多没有头的鱼，河边的草地上也有很多没头的鱼。我下定决心，要将那些长嘴鸟打光，甚至都想好了用啥打，怎么打。后来又想，喂鱼是为了啥？将那些长嘴鸟全部打死的话，那喂这些鱼有啥意义呢？

阿克达吉说到这儿的时候，已经流下了眼泪。

不知道那些长嘴鸟平常吃什么，可它们夜夜来，那样下去怎么成？于是我就在鱼池边铺了席片，起初将馒头揉碎撒在上面，但它们不吃，也可能是吃惯了小鱼，看不见馒头。后来，我又将糌粑粒撒在席子上。有天晚上，我看见它们飞过来落在席片上，开始吃糌粑粒，吃完之后就飞走了。没有吃鱼，我高兴了好多天，但需要的糌粑却多出了喂鱼的好多倍。还好，附近的人都会送来糌粑，我只有念经了。

八

……那木嘎又来电话了，我听得出，电话里的那木嘎有点激动。

所有事情都解决了，他说，其实大家都很忙，根本顾不上议论。还说，其实根本不需要议论，只是我们拿自己的心去猜测大家了。关于扶贫摸底一事，村里都相互推让，最后落实到真正需要帮扶的人家那里。

所有一切完全合乎救赎与被救赎的故事。我对那木嘎说。

那木嘎也笑着说，和喂鱼不一样吧？又说，救赎之外，就剩心安了。

嗯。爱，救赎，心安，没有一件不是不重要的。而我们少的是什么？我说。

我有故事，你有酒吗？那木嘎呵呵笑了起来。世界没有仇恨是不可能的，生活没有争吵也是不可能的。那木嘎又说，毕竟阳光多了，温暖才会铺满尘世。

九

又下雨了。

阿克达吉自己也破例了，他带我沿那一片草地走了一大圈。

草很长，还没有完全枯败，一条狭窄的拐拐弯弯的小路我还是能分辨出来。

阿克达吉说，金巴快要睡觉了。

他终于再次提到金巴。

阿克达吉说，鱼是我的好朋友，那些鸟也是，金巴也是。金巴走路的时候低着头，不看前面，只从腿缝里看后面的路，如果将路破坏了，金巴就找不见路（说到这里，我还是不知道金巴是什么。后来，我专门找人打问了，最后才确定，金巴就是猪獾）。每年六七月，我都会将金巴的路打扫一次。冬天它要在窝里睡三个月觉，三个月之后就醒来了，我要给它准备吃的。

阿克达吉说着自己也笑了起来，说，金巴喜欢吃青稞苗子，我喂饱它之后，它就不吃青稞苗了。又说，有时候，金巴晚上会来我床边过夜，天亮前吃完盆里的食物就走了。金巴只走一条路，所以，下雪的时候也要给它去扫雪路。奇怪呀，金巴会生许多孩子的，但到这儿来的就一只，要么是大的，要么是小的。听村里人说，这几年在青稞地里也没有见到过金巴。

那片草地很大，我们走了很长一阵。阿克达吉不住地说着这片草地上的故事，我听着听着，都有了异样的感觉。

鱼会越来越多的，等我不在了，这里会有人继续喂养它们。阿克达吉送我走出栅栏，就反身去了鱼池之上的小房子里。

我沿着路走了一会儿，又忍不住回头看了看那片草地，还有那条被圈了的河流。恍惚间，我似乎看见了阿克达吉，他变成了一只鸟，低低飞过那片草地，飞过河面，迎着晨风，掠向青空，化为了虚无。

第二天我去了扎古录镇，吃了饭，买了花卷和馒头，也买了水果，捎带给去唐尕的村民，然后给那木嘎打了电话。

路边恰好有人宰了牦牛，买肉的人很多，因为马上就到中秋节了。

我买了二斤牦牛肉。

晚上睡不着，车巴河的水流声愈来愈大了。

打开窗户，天上是奔跑着的铅色云团，不知道它们的下一站会是哪儿?

我只是想，再坚持两天，就可以回家了。

2017.12

堡子记

一

阳光一出来，大家就坐在明亮的土窝子里等矬墩子。其实都知道他离开堡子已好多年了，可大家一到土窝子里，依然能看见他的模样——破旧的羊皮袄，头发茬草一样东倒西歪，左手是羊腿骨做的烟锅，右手是铜叶子包着的火镰……

据说这里以前荒无人烟，同治年间有湖南姓胡人家起先落脚。因为前不见村，后不着店，土匪经常出没，于是他们就从火焰口深处的黑沟山搬过来。出了火焰口，依然是大山和茂密的森林，只是没有那么深的沟而已。

那是一个多么黑暗的夜晚……

那是一个怎样的夜晚呢？人们提起那个夜晚时，或摇头，或发出啊啧啧的惊叹。

——土匪来了。

——土匪来了！

一切悄无声息，白杨树尖上的老鸹蜷缩在窝里，风停止了吹刮，山梁上骚情的野狐哑了，月亮也躲进乌云缝里不肯露面。

大概过了子夜，先是一声——啊嘿嘿，然后是一片——啊嘿嘿，紧接着是牲口奔跑的蹄音，由远而近，由近而远。之后，便是沉寂的荒野。

整个村子被洗劫了。

矬墩子最善于描述当时的情景。他一边说一边“啊嘿嘿，啊嘿嘿”喊着，大人们听得入神，小孩们藏在怀里。其实都知道，那时候的矬墩子也不过是吃奶的娃娃。

之后，三五年倒相安无事，再次搬迁的想法渐渐淡了下来。又过了三五年，村子里新来了衣衫褴褛的一帮人，说是来自遥远的江南。就在那年夏天，大家联合起来，在一处较为平坦的塬上夯起一座堡子来。

这个故事还是矬墩子描述得好。他描述这个故事已经不下五六十次了。

堡子花了整整三个月时间才夯成。女人们在附近耕田劳作，男人们冒汗打夯。

哎——力要出完，要杵烂，

哎力嘛要杵烂——啊呀——冒汗。

哎——力要出完，要杵烂，

哎力嘛要杵烂——啊呀——冒汗。

矬墩子讲到这儿的时候往往会丢下烟锅，站起身子，一边唱打夯歌，一边朝手心唾几口唾沫，做出提石杵的样子。这时候孩子们总是跟在他屁股后面，像一群小鸡娃在老母鸡身后觅食一般。

搬进堡子，晚上把堡子门一闩，土匪就不会轻易来骚扰了，然而油灯下的事情却日益复杂起来了。

二

从记事起，全堡子人都称这个又胖又矮的老汉为矬墩子。我私下里问过别人，也问过父亲，说法有两种：一是说他长得像剁肉墩；二是说他干了坏事，让人家诅咒，后来变成了剁肉墩。

对这个老汉的名字我倒不太感兴趣。他又胖又矮，叫矬墩子自然再形象不过。但他会干啥坏事？费了好大劲，可我始终没有打听到。偶尔从疯疯癫癫的外婆口中听到关于矬墩子的事儿，多年以后，每想起来，我总会忍不住哈哈大笑。

外婆是大户人家的女儿。

为什么要当大户人家？

谁愿是大户人家的女儿，可偏偏就生在大户人家了。

这是外婆没有疯时说的。

大户人家的女儿怎么找了个丑八怪（我敢保证，方圆十几里，你再也找不到比外婆丈夫再难看的男人）？而且还是小户人家（这点我也敢保证，他家当时只有一间破房子，睡在炕上，一伸手就能摸见卧在地上哼哼叫唤的猪）。

都是何家矬墩子造的孽。

外婆最大限度也只能说到这里，我失望极了，但我知道了矬墩子姓何。

外婆是如何变疯的我不知道，母亲偶尔唠叨几句，但从不会仔细地给我说。她只说外婆的父母吊死在羊圈里，外婆哥哥也吊死在羊圈里，半年后，嫁出去的外婆也被反手绑在羊圈里。

母亲每说到这里，头就会不由自主哆嗦起来。

这些也许是外婆断断续续传下来的，因而母亲说起来总是不够深入。我随母亲去看外婆的时候，她已经疯得不成样子了。然而就在那夜，她却意外说出了我极力渴望的关于矬墩子干尽的坏事来。

外婆突然站起来，对着窗户大喊，何家矬墩子，你为一个苞谷面馍馍把我骗过来，你会转世成剁肉墩子的。

外婆声嘶力竭，唾星四溅，众人面面相觑片刻，然后便将外婆按倒在炕上。那时我小，见外婆的眼珠子分外明亮，于是就问，怎么骗你了？

外婆破天荒不疯，而且说得有板有眼。

她说，当年何三斤能把死的说活，把活的唱死。每次集体劳动，贼剁的就带着胡四斤唱。又说，他不但自己唱，还教胡四斤唱。你说他坏不坏？

外婆说到这儿，眼睛愈加明亮了。于是我又问，后来怎么了？

后来我就被那个贼剁的唱给胡四斤了。等嫁过来，才发现胡四斤变成了牛五斤。你说他会不会转世成剁肉墩？

外婆说到这儿，眼睛渐渐黯淡了下去，脸上的皮肉一下子松弛成抹布，而且眼窝里慢慢渗出泪花来。

会，一定会。那么坏一定会转世成剁肉墩。

我知道，矬墩子干的坏事一定还很多。可惜，外婆说完之后又变得疯起来了。

外婆离开人世后，我再也没有听到过关于矬墩子的任何坏消息。后来我一直想，矬墩子到底是坏还是不坏呢？

坏，一个馍馍就把别人推到万劫不复的深渊之中。

不坏，毕竟他让一个大户人家的女儿有了归宿。

三

古人设关隘，外可御敌，内可防奸，而关于这一带的所有堡子，我查找了许多地方志和地名志，所有版本只记录了堡子的名字，却没有相关的实录。按照矬墩子的描述和现遗留的那些遗址来看，堡子实际上就是一座简易的城，城门只有一个，并且没有护城河，一墙之外，皆为荒野平川。堡子在久远的历史上，皆设兵防守，后来废作民堡，然而它的警示和防守作用依然没有彻底消除。

堡子有故事，也有战争，这是肯定的。这一点恰好给矬墩子提供了无限发挥的空间。

矬墩子坐在树荫下，掏出烟锅，深情地吸上一口，然后开始讲堡子的故事。

背山林距离堡子很远，大伙儿进林砍柴从不单独行动。半夜就出发，路上要唱《出五关》。

唱一个，唱一个。

矬墩子毫不客气，咳一声，一首花儿就跑出嗓子。

唱完《出五关》还嫌不过瘾，他还会来几段《十二生肖对答》。

先是粗里粗气地问，然后是秀里秀气地答。

> 香一股的两股香，第一相是什么相？
> 安在骆驼什么上？什么它和什么像？
> 钢二两么一两钢，第一相是鼠的相，
> 安在骆驼耳朵上，耳朵它和鼠一样。

如果答不上呢？

那就是日鬼货[①]。

这个不好听，重来。

矬墩子不管大家爱听不爱听，首先他自己要唱过瘾，然后才回到故事上来。

做一天准备，赶一天路，砍一天柴，才可以坐在树林里吸烟做饭聊天。

刘娃是河州人，五八年逃荒逃到洮州，因机灵乖巧，村里人都喜欢他。但刘娃的脚气很重，大伙儿聊天的时候，他脚老伸过来。全顺用枝条戳了几下，刘娃的脚像蚯蚓一样缩了进去，一会儿便又伸出来。三爷笑了下，然后撕开自己棉衣一角，抽了一团棉花，放在刘娃的脚指甲上点着了。正当大伙儿聊得高兴的时候，刘娃从梦中跳了起来，发疯般捂住脚指甲，又喊又叫。

哎呀，刘娃，你踏到土地爷的头上了。

三爷深沉地说。大伙儿都捂住嘴，谁都不敢大声笑出来。

后来怎么样了？

矬墩子深情地吸了一口烟，说，脚指甲烂掉了。

① 日鬼货：本地方言，常指无能或无用的人。

矬墩子讲故事一般是从中午开始的，堡里人都知道。吃完中午饭，大家便不约而同来到堡子西头的土窝子里。

娘宝是陕西人，来到堡子快四十年了，也是逃荒过来的。矬墩子说，那次进林以后，全顺家的牛丢了，大伙儿找到时天已黑了，于是便摸黑做饭。只到星星出齐了，大伙儿才蹲在河边吃面片。

娘宝说，三爷，肉咋咬不动？

加劲咬，肉没煮烂嘛。

第二天起来，但见娘宝蹲在河边呕吐得泪流满面。原来，昨夜他加劲咬的是一只蛤蟆。

后来怎么样了？

矬墩子又深情地吸了一口烟，说，娘宝中毒了，全身肿得像皮袋。

这个不好听，全都是整人的。大伙儿笑着说。

矬墩子是堡子里的故事大王，那时候的情形是饭可以不吃，但他讲的故事绝对不能错过。吃完中午饭，村子西头的土窝子早就坐满了男男女女、老老小小。

顺喜是河北人，同样是逃荒过来的。

背景仍然是背山林。

矬墩子说起来的时候，唾沫飞溅，而大家却听得津津有味。

顺喜烟瘾很大，有时候一口接一口，抽得晕晕晃晃才算到心头。有一次进林下了几天雨，大伙儿的烟都断了。顺喜急得在林子里来回走动，时而打自己的嘴巴，时而在河边喝水。

顺喜，亏你还是吸烟的“行家”，不知道多带点吗？出门了有些事情谁都说不准的呀。过来，我借你点。

顺喜飞似的跑过来，掏出羊腿骨做的烟锅，满脸挂着笑容。

拿来，可不多了。

顺喜像得到宝贝一样，深深地吸了几口，过了一会儿，才缓缓说，三爷，从哪里买的？真是好烟。

我们问，怎么突然冒出个三爷来？

矬墩子笑而不答。

有年长知事者总会揭矬墩子老底。矬墩子也不理会，只是干笑几声，继续他的故事。

顺喜一边说，一边不住咂嘴——真是好烟。

后来怎么样了？

矬墩子转了下眼珠子，说，顺喜嗓子废了。

为什么？

哎呀，你们想，荒山野林哪来烟叶？三爷随手抓了一撮驴粪给他抽了。

三爷真坏。

这时候，树荫下的笑声已经送走了斜阳。但是，四周围坐的人却愈来愈多。矬墩子却拍拍屁股，走了。

再来个，再来个。

大家央求着矬墩子，而矬墩子的影子却已消失在堡子土墙的阴影里。

四

我一直记得，家门前有座山丘，那里长满了柳树，一到春天，大家都聚集在那儿，太阳不落山是不肯回家的。其实，村子不远的四处都是这样的山丘，都长满了不大的树木。在我十五岁那年，村子里发生了奇怪的事，和我一样大小的都不去上学，一把铁锹，一把镢头，满山都是垦荒的人影。

生得太快，整个村子陷入一种空前的饥饿之中。土地是唯一不论贫富而收养大家的母亲，可是能耕种的面积却很小，大家却怪土地不养活人。

树木不能直接当饭吃呀，那么多土地上全是树木，这不可惜土地了吗？村里老人们这么说。

当我们扛着铁锹、镢头去四周山丘垦荒的时候，矬墩子依然坐在土窝子。没有人再听他讲关于堡子的故事了，他显得十分孤独。

月亮上来了，月光下的堡子非常静美。一场战争却在如此静美的月光下开始了。先是堡子内部，然后是堡子与堡子之间。起因很简单，为了垦荒。先是相互毒害牲畜，最后堡子之间甚至邻居之间打得头破血流。

全堡召开会议一般在晚上，因为晚上人最齐。大家七嘴八舌，始终没有达成统一的意见。垦荒依然在继续，战争依然没有停。

矬墩子是堡子里说话有权威的人，大家让他说几句。

矬墩子说，大家都停下来吧，满山整得光秃秃的，山魈鬼还会来的。

没有地，吃什么？

总不能让其他堡的人欺负吧？

全让他们开成了地，我们是干什么吃的？

干不动就不要嫉妒人家，尽说风凉话……

那时候我们正年轻，当然叫嚷得最厉害。

矬墩子的话招来全堡人的不满。他被儿女强拉回家中，再也没有出来讲堡子的故事。

堡子间的战争结束之后，大家又归于平静。当大家抽空来到土窝子的时候，才发现矬墩子再也不来土窝子了。没有矬墩子的土窝子变得很无趣，就连整个堡子都似乎沉浸在暗哑之中。

春天不知不觉来了，我还是会去土窝子的。尽管我已经是四五十岁的人了，但我依然喜欢在矬墩子坐过的地方坐一坐，学他的模样，低声细语唱一曲春官送春歌。唱完之后，总是感觉不对。实际上我是见过春官的，春官一踏进家门，就先唱。记忆中，送春歌也似乎不是固定的。人家见你给了高高一碗面，就会唱好听的。如果给一小碗，他们就会唱不好听的。那时候母亲总是很小气，因而我听到的送春歌大多都是损人的。无论如何，但春贴一定会留下来。春贴就是一张纸，上面印有九龙治水，一牛耕田，六日得辛，八人分丙之类的。母亲喜欢看春贴，看完之后，总是满带忧伤，而且还会不住地嘀咕，怎么活呀……

我问她春贴上的秘密。

她说，天道不好，要挨饿了。

我说，你怎么知道？

她说，龙多不治水呀，何况一牛怎么耕田？八人分吃一饼，还不得饿死？

我不懂这些，春官与春贴也只是记忆之中的趣事罢了，倒是矬墩子的春官歌至今无法忘怀。只是可惜，我早就忘记了它的曲调，怎么也唱不出来矬墩子所唱的那种韵味来。

堡子不在了，堡子里的人也似乎涣散了。矬墩子没有出没在土窝子里，大家也似乎渐渐遗忘了他。然而我的记忆中，矬墩子不仅仅是讲关于堡子历史的高手，他还是个特有能耐的匠人——骟匠。

早春三月，万物复苏，大地盎然，驴马成群结伙。这时间是最让人担心的日子，一个冬季喂养的一身膘最容易在这时垮掉。更何况驴马不骟，到田地里去也不好好干活。驴会仰头长嚎，马会一个劲儿地打突噜。你轻轻地一扬鞭，它就会扬起后蹄，狂踢不止。骟掉那个东西，它们不但会变乖，而且干活也很卖力。

矬墩子是方圆几个堡子唯一能骟牲口的匠人。

骟牲口一般在清明前后，因为天气较凉爽，被骟牲口的伤疤最易愈合。

骟牲口时需要点一堆火，需要准备两根铁条和一个木板夹。大伙儿把牲口绑倒在地上，矬墩子便大出风头。木板夹紧紧夹住牲口的那东西，矬墩子便从火堆中取出通红的铁条，沿木板夹齐齐烙下去。这时候牲口四肢抽搐，鼻孔圆睁，人们屏住呼吸，谁也不敢说啥。等一切完备之后，才给牲口松绑。大功告成，剩下的事情就是牲口主人的事了。主人像侍候先人一样，给牲口的背上绑好事前准备的毡，然后把尾巴拴到背上，以免尾巴甩到伤口上引起发炎。每天清晨，还要小心地牵着去野外溜达，以免伤口包脓生疮。

矬墩子骟完牲口后一般不开口要钱，这主要看主人的心意了。如今堡子倒了，何况村外四野八荒也似乎很少见驴马的影子。矬墩子开始躲避大家，当然不是没有牲口可骟，大概是因为那次开荒纠纷期间他说了不该说的话。

我最后见到矬墩子，是在一个月光十分明亮的夜晚。

矬墩子坐在堡子西头的土窝子里，静静看着天空。我看不清他的脸庞，也不知道他想着什么？我试图接近他，想从他那儿得到更多关于堡子的故事。可没等我走到跟前，他就站起身，像皮球一样缓缓地从土窝子里滚出来，沿着那段堡子的残垣断埂渐渐没入长夜。

听不到任何关于堡子的故事，看不见矬墩子似皮球一样的身影，堡子就不应该叫堡子。

我一直这么想。

五

矬墩子从堡子西头的土窝子里消失之后，偶尔也有人说说堡子的故事。堡子的故事似乎在大家的心里不可或缺，然而矬墩子的消失丝毫没有引起全堡子人的关注。其实关于堡子的故事，除了矬墩子，真没有第二个人能讲得如此生动感人。

水葫芦是大竹堡人，是个有名的赌徒。他最要好的朋友叫瘸子，瘸子起初并不瘸，而是年轻时在上游河水里屙了屎，结果被人打折了腿。

瘸子也是个赌徒。

堡里的人有个不良喜好，都不喜欢叫名字，都喜欢给每个人起个古怪的绰号。瘸子之类的倒也罢了，据说刘三喜是因为一天能喝掉八壶水，于是便叫成了水葫芦。

水葫芦和瘸子想方设法把几个堡子的人聚集在一起，经常在大川堡油坊主的那间破屋里赌。

这大概就是矬墩子当年所说的油灯下日益复杂的故事了。

油坊主是大川堡出了名的寡妇，油坊主也因那间破屋而肥得流油。

水葫芦和瘸子常约人在那儿赌。油坊主压场，谁也不敢胡来。谁要是胡来，就意味着要告别这个安乐窝。常在那儿出没的人，有谁愿意关闭这扇大门呢？

水葫芦和瘸子等人用的赌具是油坊主在油灯上烤红的五颗豆子，谁来得早谁就先掷。带着鼓鼓行囊的许多人走出油房门的时候，个个像丢了魂一样，耷拉着脑袋。

水葫芦单独和瘸子赌过一回。

矬墩子每次讲到关键时刻，就喜欢吊人胃口，要么去尿尿，要么装一锅烟，慢条斯理地抽。大家提起一颗心，只能等老家伙先过足瘾。

那天瘸子早早在油坊主的小屋里等着水葫芦。油坊主把炕烧得发了狂。瘸子手里拿着油坊主烤红的五颗豆子，轻轻掷到碗里，每次都是五个红。水葫芦坐在炕上不断挪动屁股，双鬓间汗不住往下流。

瘸子说，水葫芦，算了吧，这样下去你非倒下不可。

水葫芦瞪了他一眼，一把推倒依在身边的油坊主，大声说，赌场无父子，何况你和我啥屌关系都没有。你怕我没钱？老子多得很。水葫芦把胸膛拍得猪肝子一样红。

去，把门闩牢，今儿个我把你整不死就枉叫瘸子了。瘸子被水葫芦惹火了，他大声呵斥着油坊主。

矬墩子说到这儿，他自己立马就变成了瘸子，但见双目圆睁，怒气冲冲。

油坊主乖乖下了炕，咣的一声，门被闩得死死的。

五颗豆子在瘸子手里乖得很，每次掷下去都是五个红。水葫芦眼睁睁看着钱不断从口袋中往出飞，可他连碰一下豆子的机会都没有。

晌午时分，油坊主打开门，水葫芦出来了，他走路一摇三晃，像喝了一桶烧酒。

矬墩子说到这儿，突然变了模样，在众人间打起醉拳来。之后又缓缓坐下身，神神叨叨来上这么一句——有年秋收之后，水葫芦和瘸子又赌上了。

矬墩子讲到这里总会停下来，但故事肯定没用完。

后来怎么了？

矬墩子的尿泡似乎很小，讲故事的时候，他的尿总是很多。

有年老者总是笑着说，肯定到墙背后想结果去了。

想好了吗？想好了就出来。

矬墩子似笑非笑，慢慢吞吞坐下来，抽上几口，接着说。

这次他们没赌钱，而是赌油坊主。水葫芦还是输给了瘸子。

矬墩子说到这里，他左右看了看，然后压低了声音。

瘸子，你娃心狠，尿毛一定是红的。

水葫芦朝他唾了一口，咬咬牙，头都没回走了。

几个月过后，水葫芦又来了。

驴日的瘸子，你把老子用两面红的豆子逼出家门。水葫芦瞪着铜铃一样的眼睛，牙齿咬得咯咯直响。

矬墩子突然哈哈大笑起来，他说，水葫芦赌了半辈子，不但马失前蹄，而且把船翻在阴沟里去了。

豆子的事儿还是油坊主说出来的，她被水葫芦用一块花毛巾给收买了。

水葫芦听完油坊主说瘸子用两面红的豆子哄骗他的事情后，顺势就给油坊主左右四耳光。

水葫芦到处寻瘸子，扬言要砸断他的另一条腿。

就在水葫芦还没有寻到瘸子的那年冬天，堡里来了一群人，说是马贩子，但他们个个腰里别着尺把长的刀子，他们在堡子外搭了个简单的窝棚，一住就是几个月，堡里人吓得连大气都不敢出。

三只鸡又没有了。井沿边堡里的女人们窃窃私语。

刚从二斤家出来，又进了三斤家。堡里的男子们交头接耳。

那群人终于走进了油坊门，在他们的驱使下油坊主像陀螺一样。晚上他们在油灯下掷豆子，笑声此起彼伏。到最后只剩一个，啥话不说，顺顺溜溜钻进油坊主被窝里。

瘸子来了，他在窗户下来回走动，就是不敢进去。

这时候矬墩子也会变得声音低沉，脸色忧伤。

第四个晚上，瘸子提着一桶“软腿大曲”（本地用青稞酿制的土酒，醉后不但头疼，而且双腿无力，故而得其名）进入油坊门，大声说，你们不是爱赌吗？喝完酒咱们来几把。

那群人听到瘸子的声音，先是愣了一下，然后便哈哈大笑。

瘸子把酒倒进几个大碗里，挨个儿给他们敬了过去。

他们开始赌，不赌钱，瘸子的赌注是全堡子的女人。

瘸子说，赌输了你们赶天亮要离开堡子。

按江湖规矩走。他们说。

油灯点燃了，一个接着一个陆续从油坊门里走了出来，最后只剩下瘸子一个。

油坊主一下扑倒在瘸子怀里。

瘸子说，迟早会知道的，不过你放心，他们再不会为难大家。瘸子说完就走了。

油坊主数着捏在掌心的一把两面红的豆子，放声大哭。

天亮时分，堡子上空响起了密集的枪声。第二天，大家才发现那群人不见了影子，留在堡子里的只有一些破败的窝棚。

六

实际上矬墩子讲关于堡子的故事里，最令人惊心动魄的并不是瘸子和水葫芦，而是枪王才让。我敢保证，枪王才让的故事绝对会流传下来。

矬墩子讲枪王的时候，表情十分凝重，似乎他就是那个枪王才让。

最后一战，马家军被打得一败涂地！

矬墩子没识几个字，但他讲故事的方式绝对能把你胃口吊到虚空里去。

胡子率领百余残部，盘踞堡子附近，白天蛰伏，晚上打家劫舍，害得全堡子人既不敢下地劳作，也不能安然就寝。

赶快跑呀，又来了。有人在堡子口大声喊。

一时间村子里变得空空荡荡。

何时熬到尽头呀？

可有啥办法呢！

才让枪法好，可只有一杆枪。

搬到别处吧！

哪里才是清闲的地方？

全堡子人逃到大洼沟，个个带着一副愁相。

来了！不知是谁喊了一句，大洼沟瞬间变得一片死寂。

月亮很白，小路两旁的碎草尖上挂满了晶莹的露珠。堡子静悄悄的，睡熟一样，除非响亮的子弹声从上空划过。大伙儿小心地朝村子靠近。一步，两步，直到看见村口一个威武的大汉。那大汉手抱一杆双管猎枪，在月光下像个铁铸的山神。

是才让？

胆子够大！

他手里有枪。

一杆猎枪顶个屁用。

都赶紧回家吧，别凉着娃娃们。那人扬起手臂朝大伙儿喊。

真是才让。

真是才让哎！

我给你们站哨，保证狼群不敢进堡子。那人说着便扬了扬手中的猎枪。

果真是才让。

才让是村子里唯一有枪且会使枪的人，百发百中。

砰砰——天刚亮开，堡子上空就划过子弹响亮的声音。全堡子人立刻围在一起，连孩子们都不敢大声出气。

堡子前面的老杨树下是一排站立整齐的胡子的队伍。

阳光出来了，红红的，白白的，一直到大地冒出热气来。杨树下胡子的队伍开始解散，他们围坐在一起，袅袅炊烟升到空中，水壶里水的响动声隐约可闻，嘻嘻哈哈的呼叫此起彼伏。

才让一直坐在大伙儿前面，这时候他站起了身，走到大伙儿跟前，说，狼们开始烧水喝茶了，我们往前走十几步。

大伙儿看着才让阴沉的脸，都不说话，也不敢挪动步子。

才让又说，他们还能连骨头给吃了？走！

才让大踏步向前走，大伙儿你看看我，我看看你，极不情愿地向前挪了挪。

才让在距离大杨树不到五十米的土堆前坐了下来。他从衣兜里取出几个小布袋，慢慢将布袋里的火药和钢弹灌进枪管。

正午的阳光毒劲十足，土堆附近刚刚探出脑袋的草芽都不敢抬起头。

胡子的队伍依旧围坐着，嬉笑着。

才让站起身，又往前走了十几步。

喂——对面的狼们，别让开水顶翻茶壶，水开了记得揭揭茶壶盖。只听见砰的一声，胡子队伍吊在烈火上的茶壶盖被打飞了。

唏！大伙儿倒吸了一口凉气。

胡子队伍齐刷刷站了起来，为首的一个砰的一声朝天放了一枪。没等他开口，才让又大声说，大风来了，戴紧帽子。又听见砰的一声，那人的帽子就飞到树杈上了。

大伙儿都憋住气，静静望着胡子的队伍。

胡子队伍里那个为首的慢慢放下枪，从地上捡起茶壶盖，认真端详着被打飞了的茶壶盖上的黑塑料蛋蛋，然后朝四周挥了下手。一袋烟工夫，杨树下变得空空荡荡。

才让长长舒了一口气，转身坐在大伙儿对面说，驴日的还会来，你们都回家去吧。

两三天过后，胡子的队伍没有来堡子里打劫。

四五天过后，胡子的队伍依然没有出现在堡子里。于是大伙儿便把藏在野山里的粮食偷偷搬回了堡子来。

胡子队伍又来了？

胡子队伍又来了！

胡子队伍拿钱换粮……

清早，大伙儿又集聚在堡子口。

才让一手抱着枪，另一只手里捏着两块银元，坐在大伙儿面前，一言不发。

怎么会呢？向来是直接抢的，这次怎么就留了银元？

西路军？这是啥军？

胡子队伍又来了？

胡子队伍又来了！

堡子外的大杨树下一夜之间驻满了队伍。那些队伍不动声色，既不进堡子抢劫，也不到处转悠。他们一住就住到秋天到来。

这天早晨，大伙儿都惊奇地奔到堡子口议论着。

这支队伍真奇怪，放下银元，不拿粮食就偷偷走了。

就在那年秋天，村里又来了许多队伍，他们拉来许多粮食，挨家挨户分给大伙儿，分完后就走了。

惊心动魄的枪王故事讲完之后，接下来的就索然无味了。矬墩子自己都没信心讲。

饿死了，漫山遍野的苦苦菜都挖完了。全堡子的狗都停止了叫唤，一个个蜷在驴槽下用嘴捂住细得要断的腿。

矬墩子讲到这儿的时候，便开始使唤女人们离开。女人们不走，他就不开口。女人们很不情愿地离开土窝子，矬墩子才压低声音，说，有人在荒野见过瘸子，他的身体已经腐烂了，裆里的东西也让老鹰给叼走了，下面只留几撮毛，那毛果真是红的，像一团燃着的火焰。

大家一边听着，一边不住地唏嘘。

再接下来，日子稍微好过了。大家都似乎在努力生育，不上几年，堡子就显得太小。先是小部分人搬到堡子外，接着大部分人搬到堡子外，最后就剩一座虚空的堡子。在这次新建期间，满山的树林几乎被砍完了。堡子虚空，取而代之的是一个新的村子，尽管如此，而堡子的名称依然保留着，它没有因为堡子的虚空而被废弃。

几年以后，堡子坍塌了，不是自然原因，而是生产需要。大家把堡子挖倒，运到荒野，烧制上田的肥料。夯堡子时轰轰烈烈，挖堡子更是轰轰烈烈。

矬墩子对唱似乎很感兴趣，这点倒是印证了疯外婆的话。也或是只有唱才能提点精神吧！因为他讲到堡子坍塌了，堡子坍塌了，也就意味着他的故事真正到了该结尾的时候了。实际上，矬墩子讲到这里的时候，大多人都是感同身受的。

矬墩子不但唱，而且还扭。他又矮又胖的身段真像陀螺，众人都笑得岔气了。

唱完了，也扭完了，一切似乎都完了。矬墩子突然显得十分愤怒，而又忧伤无限。他朝地上狠狠吐了一口浓痰，之后拍拍屁股，自语一句，日他妈，好好的堡子说倒就倒了。

堡子的确倒了，现在，我看到的堡子只是那厚厚的只有半人高的墙墩痕迹。

无缘见到矬墩子所说的真正的堡子，我的心里很空落。我也学矬墩子，也想狠狠骂一句，日他妈，没有堡子的时候难道没有种庄稼？

七

自从大家搬到堡子外，接二连三死年轻人，这是头一次，也是个奇怪的现象。

这也是我青年时代印象最深的一件事。

有人从很远的地方回来，说堡子倒了，而留在堡子里的野魂太多，要出来吃人了。

那时候矬墩子还健在，对于堡子吃人一说，矬墩子也只好随和大家意见。堡子是何年何月的事情呀。有人还说，都是矬墩子乱讲乱说招引来的祸。矬墩子有口难辩，在众口一词之下，矬墩子根本就失去了我的疯外婆所说的能说会道，他只是将自己一生积攒下来的不多的钱如数交了出来，以供念经超度那些留在堡子里的冤魂野鬼。

村里请了好几家寺院里的阿克轮流念经，并且在出入村口的地方修建了好几座佛塔。

桑巴才让是阿克，是我的一个远方亲戚。桑巴才让也是村里请来的，他是我家亲戚，自然就住我家了。浓眉大眼，身材魁梧，紫红色的袈裟披在身上，手腕上一圈一圈缠绕着念珠的桑巴才让，看上去有点粗鲁，坐下来，却中规中矩。桑巴才让说起话来滔滔不绝，而且时不时拍几个很响的巴掌。桑巴才让的声音很受听，字正腔圆，如天籁般优美。桑巴才让在我家住了半月有余，同时也给我家念了几次平安经。几十年过后，我在一次远行途中遇到了他，大家都老得不像样子了。桑巴才让脱了袈裟，穿着一身很土气的中山服。他给我说，还俗之后，他把修行之功德归还了师父，但依然保持着往日在寺院修行的作风。他还说，他在羚城开了个小卖铺，经轮，铜铃，哈达，佛像都是他经营的主要对象，闲时还经常去给人家念经。他还说，其实，念经与还俗没冲突，经典也不会因为形象的改变而改变。我问他当年村里修佛塔与死人之事，他却笑而不答。我们聊了很多，自然也说起了矬墩子。矬墩子已经离开堡子好多年了，他当年的确为堡子办过好多事情。桑巴才让说，很多人的媳妇都是他唱回来的。

八

这大概是矬墩子讲的最后一个故事了，我一直记着。

那是一个多么黑暗的夜晚……

矬墩子讲关于堡子的故事总先要设置一个令人心跳的开头。

闷热。真的闷热。

轰隆隆——轰隆隆，巨大的声响是后半夜才传来的。

啊！大家都屏住呼吸。

你们猜是什么来了？

大水来了。

不是的，是山魈鬼来了。你们想，大家修房的时候砍完了山上的树林，山魈鬼无家可归，它们商量着寻仇来了。

结果怎么样了？

你们看看，你们看看。矬墩子指了指不远处地面上一道道很宽的裂缝，说，这就是山魈鬼留下来的。

不是吧，这是那次地震留下的。

知道情况的老人们笑着说。

矬墩子说，地震不就是山魈鬼叫来的帮手嘛。

这是矬墩子讲的最后一个故事，我一直记着。矬墩子不在了，可大伙儿都赶上了好日子，牛马羊不见了，甚至那些早年搭建的矮小房屋也都不见了，堡子只是一个遗留下来的名字，呈现在大家面前的却是一个亮亮堂堂的全新的村子。奇怪的是村子里人也少了许多，大街上空空荡荡，田野里更是空空荡荡。土地再次被荒芜，几年时间，漫山遍野都长出了蒿草，不见一棵庄稼。

庄稼汉都不种庄稼，这是啥世道呀！

可惜那些树木了。

堡子里老人们再次发出和早年相反的感叹。

矬墩子不在了，可他的故事始终萦绕在我耳边，我也难以辨清真真假假。

矬墩子最后替堡子说过几句话，我也清楚地记得。想来也是几十年前的旧事了。

距离堡子旧址不远的地方有一眼泉。老人们有传说，说这眼泉的泉神是个硬头货，不能听见锣鼓声，一旦听见锣鼓声，就注定堡子世世代代贫困潦倒。

就在那年腊月里，另外村里的老人们要我们村迎接他们村的社火，说这是多年前遗留的，还说堡子倒了，社火不能倒。

村里人说法不一，有好事者欣然接受。实际上接社火也并非难事，但接社火是需要钱的，钱需要挨家挨户收取，因而也有人反对。

多年不曾发言的矬墩子在这件事情上做出了义举，他从人群中站出来，说，我们堡子的泉神是听不得锣鼓的，我们堡子不接社火。

另外村的老人说，社火是唱给杨家喇嘛爷的，喇嘛爷也帮着你们堡子在山头守护庄稼。

矬墩子立马说，我们堡子不需要杨家喇嘛爷守护山头，你们从山头上背回去。

一辈子爱讲堡子故事的矬墩子唯一替堡子做了一件正经事。多年以后，堡子里的老人们为矬墩子送上这么一句。

关于堡子泉神是硬头货，或是听不得锣鼓之声的神话很快也被打破了。

堡子这几年变化很大，道路四通八达不说，大学生也出了好几十个。正月里，歌舞团的劲爆也渐渐替代了社火的热闹。不知道泉神在哪里？也不知喇嘛爷还是否在山头守护？反正田地早已荒芜，大家似乎并不靠种庄稼过日子。唯独堡子的那些残垣断埂留在那里，只供大摇大摆的肥猪蹭蹭脊梁而已。

堡子的故事似乎在矬墩子那儿就此中断，但谁也不会想到，堡子的故事在我这里却有了继续发展的可能。可是我又想，关于堡子的故事谁能替代矬墩子呢？

矬墩子离开堡子以后，堡子西头的土窝子也似乎缺少了活力。和我一样的几个老人前几年还常来这里，可是最近几年他们也不见了影子。我裹了裹衣衫，看着渐渐西去的斜阳，无奈地感叹一声，都宁愿跻身于那些虚空和浮夸的争斗之中，而不愿意将心思投入到旧的故事里去思考，这又是何苦呢！

然而，来来往往的车辆并没有停下来，它们留下刺耳的声响，飞似的消失在我的眼前。我知道，矬墩子再也不会回来了。就让堡子的故事这么消失？我从土窝子站起身，拍了拍屁股，捋了两把胡须，自语着，算尿子，我才不给他们讲。

2017.1 通钦街

图书在版编目（CIP）数据

浮生九记 / 王小忠著. -- 北京 : 作家出版社，2018.9（2023.2重印）

（中国多民族文学丛书）

ISBN 978-7-5212-0227-4

Ⅰ. ①浮… Ⅱ. ①王… Ⅲ. ①散文集-中国-当代 Ⅳ. ①I267

中国版本图书馆CIP数据核字（2018）第211368号

浮生九记

作　　者： 王小忠
责任编辑： 李亚梓
特约编辑： 谭　杰
装帧设计： 孙惟静
出版发行： 作家出版社有限公司
社　　址： 北京农展馆南里10号　　**邮　　编：** 100125
电话传真： 86-10-65067186（发行中心及邮购部）
86-10-65004079（总编室）
E-mail:zuojia@zuojia.net.cn
http://www.zuojiachubanshe.com
印　　刷： 固安兰星球彩色印刷有限公司
成品尺寸： 170×240
字　　数： 158千
印　　张： 11.5
版　　次： 2019年1月第1版
印　　次： 2023年2月第2次印刷
ISBN 978-7-5212-0227-4
定　　价： 35.00元